朵貝・楊笙經典童話 4

MOOMIN

姆米一家的瘋狂夏日

Farlig midsommar

朵貝・楊笙｜Tove Jansson
李斯毅 譯

目次

登場人物介紹

姆米托魯 Moomintroll

姆米故事的主角，對任何事物都充滿好奇心。姆米托魯喜歡在大海游泳、蒐集貝殼，以及和朋友到未知的地方探險。

姆米媽媽 Moominmamma

溫柔又慈祥的母親，是姆米一家的中心。對於所有造訪姆米家的客人都溫暖的迎接他們。

姆米爸爸 Moominpappa

姆米家的父親，喜好哲學思想。雖然嚮往著獨自流浪，但是對姆米爸爸而言，保護家人是他最重大的責任。

米妮 Little My

姆米一家收養的孩子。米妮頑皮搗蛋，喜愛災禍與惡作劇，但也總是最能夠洞悉事情真相。

米寶姊姊 Mymble

米妮的姊姊。個性自由自在、不受拘束，偶爾會來到姆米谷探望妹妹米妮。

司諾克小姐 Snork Maiden

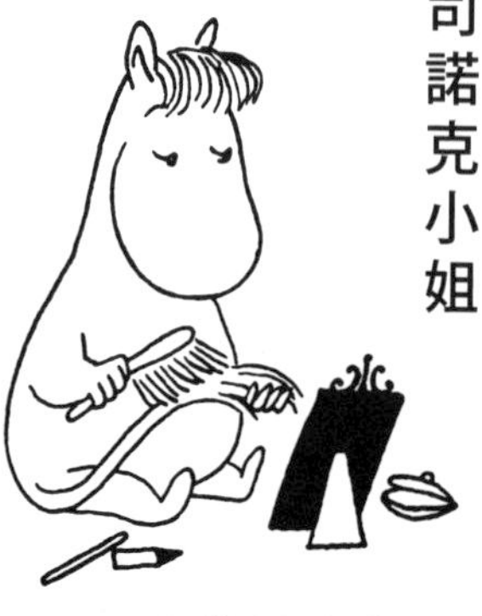

姆米托魯的女朋友，有著金色的漂亮劉海，喜歡美麗的衣服和飾品。

米沙 Misabel

大洪水後拜訪姆米一家的小傢伙。米沙沒有自信、個性悲觀，以為全世界都試圖讓她不開心。

霍姆伯 Whomper

大洪水後拜訪姆米一家的小傢伙。喜歡辯論和思考。

司那夫金 Snufkin

姆米托魯的好朋友，到處旅行、釣魚和吹口琴。當冬季來臨時，司那夫金就會離開姆米谷，前往南方流浪。

艾瑪 Emma

居住在姆米神祕新家的古怪老太太，做事情一板一眼，不喜歡姆米一家人。

N.W.
N.O.
W.
Ö
S.W.
S.O.
S.
雲杉叢
監獄
水井
菲力強克小姐的家
亨姆廉小姐的家
草原
司那夫金的帳蓬
租船處
針線籃裡的米妮
戲院
雲杉小灣地圖
躲藏的小河灣
姆米托魯過夜的山梨樹
Tove

NW
NO
W
Õ
SW
S
SO
溜溜之島
寂寞山
小山丘
沙灘
紫丁香叢
柴房
茉莉花叢
菸草田
姆米家
一樓
陽台
客廳
麝香鼠的房間
亨姆廉的房間
托夫斯藍和碧芙斯藍的房間
廚房
儲藏室
浴室
二樓
姆米媽媽的房間
姆米爸爸的房間
雜物間
史尼夫的房間
司那夫金和姆米托魯的房間
司諾克的房間
客房
姆米谷地圖
Tove

第一章

樹皮帆船與火山爆發

溫暖的陽光下，姆米媽媽坐在門前的石階，正在組裝一艘模型雙桅帆船。

「如果我記得沒錯，這種雙桅帆船的主桅應該有一面大風帆，後桅也有一面大風帆，船首斜桅上還會掛著幾面小小的三角形風帆。」姆米媽媽心想。

安裝船舵的過程並不簡單，製作船艙更是困難。姆米媽媽仔細裁下一塊小小的樹皮，放到帆船模型上，正好可以覆蓋住船艙。

「這樣就不必擔心暴風雨了。」姆米媽媽喃喃自語著，愉快的吐了一口氣。

米寶姊姊下巴抵著膝蓋，坐在姆米媽媽身旁的石階上觀看。她看到姆米媽媽拿出許多色彩鮮豔的小珠針，用來固定住帆船的纜繩，帆船的主桅上飄揚著亮紅色的小旗幟。

「這艘帆船要送給誰？」米寶姊姊恭敬的詢問姆米媽媽。

「送給姆米托魯。」姆米媽媽回答，一面在針線籃裡翻找製作船錨的材料。

「不要再翻了啦！」針線籃裡突然傳出小小的聲音。

「我的天啊！妳妹妹居然又躲進我的針線籃裡！她總有一天會被珠針和縫針戳傷

的！」姆米媽媽對米寶姊姊說。

「米妮，妳馬上從針線籃裡出來！」米寶姊姊嚴厲斥責她，試著從毛線球堆裡揪出這個小不點。

米妮反而繼續往針線籃的深處鑽去，最後徹底消失在毛線球堆中。

「米妮長得太小了，真讓人傷透腦筋！」米寶姊姊忍不住抱怨，對著姆米媽媽說：「我根本不知道要去哪裡找她。姆米媽媽，能不能請妳也幫米妮製作一艘樹皮小船？這樣她就可以在水桶裡划船，我也方便掌握她的行蹤。」

姆米媽媽笑了一下，從她的手提包裡拿出另一片樹皮。

「妳覺得這塊樹皮能不能承載米妮的重量？」姆米媽媽問道。

「絕對沒問題。」米寶姊姊回答：「但是妳得在這塊樹皮上加一條安全帶才行。」

「我可以割斷妳的毛線嗎？」米妮在針線籃裡大喊。

「當然可以啊。」姆米媽媽回答。她正在欣賞自己剛才完成的模型雙桅帆船，查看是不是遺漏了什麼裝備。當她雙手捧著它時，突然飄來了一大片黑色煙灰，落在帆船的甲板上。

「呃。」姆米媽媽吹開那片黑色煙灰，隨即又有另一片落在她的鼻尖上。轉眼之間，空氣中充滿了黑灰。

姆米媽媽站起身來，嘆了一口氣。

「那座火山真是討人厭。」姆米媽媽表示。

「火山？」小米妮這時突然從針線籃的毛線球堆裡探出頭，一臉好奇的問。

「對啊，就是距離這裡不遠處的那座山，最近突然開始噴出火和煙，布滿整個山谷。」姆米媽媽向米妮解釋：「還有髒兮兮的黑色煙灰呢！從我結婚以來，那座山一直相當平靜，沒想到經過這麼多年之後，它偏偏要選在我洗好衣服的時候再次開始活動。它只不過輕輕打個噴嚏，我那些等著晾乾的衣服就全部變黑了！」

「大家要被燒死了！」小米妮開心的大叫：「房子、花園、玩具，所有小娃兒和他們的玩具全部都會被燒光！」

「不要胡說八道！」姆米媽媽溫柔的責備米妮，輕輕拍掉鼻尖上的黑灰。

然後她就帶著模型帆船去找姆米托魯了。

*

在山坡下方，略偏於姆米爸爸懸掛吊床的大樹右側，有一潭清澈的褐色水池。米寶姊姊總是堅稱那個池子的中央深不見底，但或許她說得沒錯。水池的周圍有許多植物，它們的葉子平滑又富有光澤，蜻蜓和甲蟲偶爾會在葉片上休憩。池子的水面下方，各種小型生物游來游去，似乎想引人注意。在池水更深處，一雙青蛙的眼睛正散發著金色光芒。你偶爾還可以看見，青蛙住在水池底部泥淖裡的神祕親友。

姆米托魯躺在水池邊，這裡是他的地盤（或者說，是他的地盤之一）。他蜷著身子，躺在黃綠色的苔蘚上，尾巴小心翼翼的收在身體下方。

他安靜且心滿意足的看著水池，同時聆聽著身旁令人昏昏欲睡的蜜蜂嗡嗡聲。

「那艘模型帆船一定會是我的！」姆米托魯心想：「每年夏天，媽媽做的第一艘樹皮小船，總是會送給她最喜歡的人。後來她都改成私底下偷偷送，因為她不想讓其他人覺得難過。我來打個賭好了，如果水面上的那隻水蜘蛛往東邊移動，就表示樹皮帆船沒有附加救生小艇。如果水蜘蛛往西邊移動，媽媽一定替帆船做了一艘很小很小的救生小艇，小到連放在手心上都得小心翼翼。」

水面上的水蜘蛛開始緩緩往東邊游去，姆米托魯頓時傷心得淚眼婆娑。

就在這個時候，草叢突然發出一陣騷動，姆米媽媽出現了。

「姆米托魯！」姆米媽媽說：「我有個禮物要送給你。」

姆米媽媽彎下腰，小心翼翼的把模型帆船放在水面上。模型帆船平穩又優雅的漂浮著，與它的倒影相映，還緩緩的往前方駛去，宛如船上有老練的水手掌著舵。

姆米托魯一眼就發現姆米媽媽忘了替模型帆船製作救生小艇。

姆米托魯以鼻尖溫柔的摩擦著媽媽的鼻尖，那種觸感就像是以臉頰輕輕摩擦白色的天鵝絨。他說：「這是媽媽做過的小船當中最棒的一艘。」

姆米媽媽和姆米托魯兩人並肩坐在青苔上，看著模型帆船慢慢的航行過水池，停靠在對岸的一片大葉子旁。

從姆米家那頭傳來了米寶姊姊大聲呼喚米妮的聲音。「米妮！米妮！」米寶姊姊大聲叫著：「妳這個淘氣的小不點！米妮！米妮！妳馬上給我回家，我非得拉拉妳的頭髮不

可！」

「不知道米妮又躲到哪裡去了？」姆米托魯說：「妳還記得嗎，我們之前還發現她躲在妳的皮包裡？」

姆米媽媽點點頭，低頭將鼻尖貼到池面上，注視著水池的底部。

「水池底下有東西閃閃發亮呢！」姆米媽媽說。

「那些是媽媽的手環。」姆米托魯表示：「還有司諾克小姐的項鍊。這點子不錯吧？」

「棒透了！」姆米媽媽回答：「我們以後都把首飾放在這個褐色水池吧！首飾放在池子裡看起來更漂亮！」

*

米寶姊姊站在姆米家門前的石階上，以近乎沙啞的聲音呼喊著米妮，而米妮這個時候正躲在某個角落裡竊笑。米寶姊姊很清楚，米妮的藏身處多到讓人數不清。

「如果姊姊夠聰明，就不該以恐嚇的方式逼我現身，而應該改用獎勵才對。」米妮心想：「例如，她應該先端出蜂蜜誘騙我，等我現身時再揍我一頓。」

「米寶姊姊，」坐在搖椅上的姆米爸爸提醒米寶姊姊：「如果妳繼續用那麼大的聲音喊叫，米妮絕對不會露臉的。」

「我這樣大喊大叫，其實是為了讓自己安心。」米寶姊姊以一種略帶自豪的態度向姆米爸爸解釋：「萬一米妮出了什麼事，對我的傷害反而比較嚴重。我媽媽出遠門之前對我說：『我現在把照顧妹妹的責任交給妳了，如果妳沒辦法照顧妹妹，就沒有人做得到了，因為我一開始就放棄了。』」

「我明白。」姆米爸爸說：「既然如此，妳就盡情大吼大叫，痛快的釋放心裡的壓力吧！」姆米爸爸說完，伸手從餐桌上拿了一塊糕餅。他先小心翼翼的環顧四周，才把糕餅放入奶油壺中蘸取奶油。
陽台的餐桌上擺著五份餐具，第六份餐具放在餐桌底下。米寶姊姊表示，她在餐桌底下用餐會更有獨立自主的感覺。
米妮的餐具當然非常小，她的餐具正好落在餐桌中央那個花瓶的影子下方。
姆米媽媽匆匆忙忙的從花園小徑那頭跑回來。
「親愛的，我們不趕時間，」姆米爸爸說：「儲藏室裡還有點心。」
姆米媽媽往餐桌望去，發現餐桌布已經被火山黑灰弄得髒兮兮了。
「我的老天爺啊！」姆米媽媽抱怨著：「今天真是又熱又髒，而且那座火山實在很討人厭！」
「要不是火山距離我們太遠，或許還會有輕薄的熔岩碎片飛進我們家呢！」姆米爸爸似乎感到有點遺憾。
今天確實相當炎熱。
姆米托魯仍躺在他位於水池邊的地盤，望著天空。此刻的天空已經變成閃閃發亮的白色，彷彿一片銀紙，海鷗的鳴叫聲從遠方的海岸邊傳來。

「等一會兒就要下大雷雨了。」姆米托魯昏昏欲睡的想著，隨即從青苔上起身。每當天氣發生變化，例如黃昏來臨或是天邊出現奇異的光芒，姆米托魯就會想起司那夫金。

司那夫金是姆米托魯最要好的朋友。當然啦，姆米托魯非常喜歡司諾克小姐，但是哥兒們之間的情誼，和喜歡女生的感覺不能相提並論。

司那夫金的個性相當冷靜沉穩，雖然他博學多聞，但是從來不會賣弄。他偶爾會分享一點旅途中的所見所聞，那些有幸聽見司那夫金分享的人，都會感到十分驕傲，覺得自己彷彿也是司那夫金神祕世界中的一員。每年開始下雪時，姆米托魯就會和家人一起冬眠。但司那夫金總是啟程前往南方，春天來臨時才重返姆米谷。

今年春天，司那夫金還沒回來。

姆米托魯從沒告訴過別人，他從冬眠中甦醒之後，就一直等待著司那夫金的歸期。鳥兒開始展翅高飛，越過姆米谷的天際，北方山坡的積雪也融化殆盡，姆米托魯漸漸失去了耐性，司那夫金從來不曾遲到這麼久。如今夏天來臨了，司那夫金在河邊的營地慢慢長滿了青草，一整片綠意讓人看不出曾有人在那裡生活。

姆米托魯依舊在等待，但是已不再那麼熱切，反而不太高興，還有點厭倦了。

有一次，當大夥兒正在吃晚餐時，司諾克小姐提起了這個話題。

「司那夫金今年怎麼那麼晚還沒回來。」司諾克小姐表示。

「誰知道啊？或許他根本不會回來了。」米寶姊姊說。

「我敢說他一定是被莫蘭抓走了！」米妮大聲的說：「不然就是跌進了洞裡，摔得粉身碎骨！」

「親愛的，別亂說。」姆米媽媽阻止米妮繼續說下去，「妳知道司那夫金一向能夠克服各種難關！」

姆米托魯安靜的沿著河邊漫步。他思索著：外面的世界有可怕的莫蘭，還有四處追捕司那夫金的警察，而且，到處都有深不可測的洞穴！另外，大家不是也都聽說過有人凍死、被狂風吹到空中、失足落入海裡，或是吃飯時被骨頭噎死的意外嗎？世界上什麼樣的危險都有，多到不勝枚舉。

這個浩瀚的世界充滿了危險，在外面大家互不相識，不知道彼此喜歡什麼或害怕什麼。頭上戴著破舊綠帽子的司那夫金，此刻正在那樣的世界中闖盪著……外面的世界還有公園管理員，他們不僅是司那夫金最大的敵人，也是非常非常可怕的敵人……

姆米托魯站在橋邊，憂鬱的望著河水。突然間，一隻小手輕輕搭上他的肩膀，姆米托魯嚇了一大跳，連忙回過頭去。

「噢，原來是妳！」他說。

「我不知道該做什麼才好。」司諾克小姐睜著劉海下的雙眼，以懇求的目光看著姆米托魯。

司諾克小姐的耳朵上套著紫羅蘭編成的花圈，她從今天早上就一直感到很無聊。姆米托魯發出一聲友善但是有點心不在焉的回應。

「我們來玩嘛！」司諾克小姐提議：「我假裝是一個被你綁架的絕世美女，好不好？」

「我不確定自己現在是不是有心情玩樂耶。」姆米托魯坦言。

司諾克小姐失望的垂下耳朵。姆米托魯連忙用鼻子輕輕摩擦司諾克小姐的鼻尖，安撫的說：「妳不需要假扮絕世美女，因為妳本來就是啊！或許我明天會想要綁架妳喔。」

*

六月的白晝來到尾聲，儘管已是黃昏，天氣依舊像白天一樣炎熱。

空氣乾燥得讓人灼熱不已，加上到處飄著惱人的火山黑灰，讓姆米家的每個人都提不起精神，誰也不想說話，更懶得彼此互動。最後，姆米媽媽想出一個好主意，她建議大家晚上就在花園裡打地鋪。她在花園裡替每個人選定適合的地點，也鋪好了床。她還在每張床的旁邊準備了小夜燈，這麼一來，大家入睡時就不會寂寞了。

姆米托魯和司諾克小姐的床位被安排在茉莉花叢下方，但是他們倆都沒有一絲睡意。

這個夜晚感覺不太尋常，安靜得令人害怕。

「天氣實在太熱了。」司諾克小姐說：「我一直翻來覆去，根本就睡不著。這床單睡起來也不舒服，等一下我可能就會開始想到一些不愉快的事情了。」

「我也一樣。」姆米托魯說。

他坐起身子，環顧花園四周。其他人好像都睡著了，床邊的小夜燈在黑夜中靜靜發出光芒。

茉莉花叢突然劇烈的搖晃起來。

「啊！你看見了嗎？」司諾克小姐害怕的問姆米托魯。

「現在又沒有動靜了。」姆米托魯回答。

姆米托魯的話才說完，小夜燈突然翻倒在草地上。

地上的花朵晃了一會兒之後，地面上突然出現一道細小的裂縫，一路往草地延伸，最後消失在床墊下方。裂縫隨即變寬，沙土紛紛往縫裡掉落。過了一會兒，連姆米托魯的牙刷也跟著掉了進去。

「那支牙刷是新的！」姆米托魯急著大喊：「妳看見了嗎？」

姆米托魯將鼻子貼近地上的裂縫，

設法往底下瞧個仔細。

這個時候，地面上的裂縫突然發出一聲輕響，就又閉合了。

「那支牙刷是全新的，」姆米托魯又茫然的念了一次：「而且是藍色的。」

「想像一下，要是你的尾巴被夾住會怎麼樣！」司諾克小姐安慰姆米托魯：「你這輩子接下來就得一直坐在這裡了。」

姆米托魯迅速的跳起身子大喊：「大家快起床！我們得移到陽台上去睡覺了！」

姆米爸爸這時已經站在屋前的石階，嗅聞著空氣裡的氣味。花園裡有一股不安的氣氛，鳥兒紛紛振翅高飛，小動物則行色匆匆的在草叢亂竄。

米妮從石階旁的向日葵中探出頭，開心的大叫：「好戲上場囉！」

大家的腳底下突然發出隆隆聲響，廚房裡也傳來鍋碗瓢盆從架子上掉落的響亮撞擊聲。

「早餐嗎？」從睡夢中驚醒的姆米媽媽不解的問：「發生了什麼事？」

「沒事，親愛的。」姆米爸爸回答她：「我想，可能那座火山又要……那些火山熔岩……」

這時米寶姊姊也醒來了，大夥兒一起站在陽台的欄杆旁，睜大眼睛往遠方望去，並且嗅聞著空氣中的氣味。

「那座火山在什麼地方？」姆米托魯好奇的問。

「在海岸邊的一座小島上。」姆米爸爸回答：「一座黑色的小島，上頭連一根草都沒有。」

「你不覺得，現在這種情況有點危險嗎？」姆米托魯低聲說，握住姆米爸爸的手。

「沒錯，」姆米爸爸由衷的說：「確實有點危險。」

姆米托魯開心的點點頭。

就在那一瞬間，大夥兒聽見了巨大的隆隆聲再度響起。

聲音是從海邊傳過來的，一開始相當低沉，後來逐漸變成驚人的巨響。

當晚的天空十分晴朗，他們可以清楚看見某個龐然大物高高升起，甚至高過了森林的樹梢，看起來就像是一面不斷增高的巨牆，頂端是白色的泡沫。

「我們現在最好趕快進到屋裡去！」姆米媽媽說。

然而，他們還來不及走進姆米家大門，海嘯形成的大洪水就灌進了姆米谷。姆米谷頓時陷入一片黑暗的汪洋中，姆米家由於蓋得相當扎實穩固，因此洪水來襲時只是搖晃了幾下，沒有倒塌。但過了一會兒，客廳裡的家具全都浮到水面上，在屋子裡四處漂蕩。於是大夥兒只好爬到樓上，坐著等待大洪水退去。

「長大之後，我還是頭一次碰到這種奇怪的天氣。」姆米爸爸點燃蠟燭，爽朗的說。

夜裡，屋外的大洪水不斷發出震耳聲響，洶湧的波浪不停拍打著姆米家的百葉窗。

姆米媽媽心不在焉的坐在搖椅上，慢慢的搖晃著搖椅。

「這就是世界末日嗎？」米妮好奇的問。

「還差得遠呢！」米寶姊姊回答：「但是不久之後我們都會上天堂，請妳趁還有時間的時候乖乖聽話。」

「天堂？」米妮似懂非懂的說：「我們非得上天堂不可嗎？去了之後，我們要怎麼回來啊？」

突然間，有個東西重重的撞上了姆米家，蠟燭因此不停晃動。

「媽媽！」姆米托魯輕聲喚著姆米媽媽。

「親愛的，怎麼了？」姆米媽媽問。

「我把樹皮模型帆船忘在水池邊了。」

「不必擔心，它明天還會在那裡的。」姆米媽媽回答後，突然停止搖動搖椅，並且驚呼一聲：「我的天啊！我怎麼這麼糊塗！」

「怎麼了嗎？」司諾克小姐吃驚的問。

「救生小艇！」姆米媽媽說：「我忘了替模型帆船製作救生小艇！我就知道！我一定遺漏了什麼重要的部分。」

「洪水已經淹過排水閥了。」姆米爸爸宣布。他三不五時就走到樓下，測量淹進客廳的洪水高度。大夥兒聞言後便轉頭望向樓梯，不禁想著家裡乾爽時的好處。

Tove

「有人幫我把吊床收進屋裡嗎？」姆米爸爸突然問。

沒人記得把吊床收進屋內。

「這樣也好，」姆米爸爸說：「反正我早就嫌棄那張吊床的顏色。」

屋外嘩啦嘩啦的洪水聲開始讓大家昏昏欲睡，於是他們一個接一個蜷在地板上進入夢鄉。不過，姆米爸爸在吹熄蠟燭之前，將鬧鐘設定在早上七點鐘。

他相當好奇外頭會變成什麼模樣。

第二章

潛水吃早餐

終於，天又亮了。

一開始，太陽先從地平線露出一絲曙光，然後才慢慢往空中攀升。天氣晴朗，一片風和日麗，但是大海的波浪已經淹過原本的海岸線，占領了整片陸地。造成這個亂象的火山終於平靜下來，只是偶爾疲累的嘆息，朝天空噴發一些火山灰。

鬧鈴在七點整準時響起。

姆米家的每個人立刻醒來，大夥兒匆匆忙忙趕到窗戶旁張望。他們讓米妮站在窗台上，米寶姊姊還緊拉著米妮的衣服，以免她不小心摔出去。

外面的世界已經完全變了樣。

滾滾洪水中，只有一片木製房屋的屋頂浮在水面上。屋頂上坐著幾個冷得直發抖的人，他們可能是住在森林裡的人。

每棵樹都佇立在水中，而原本圍繞在姆米谷四周的山脈，現在看起來像是一排突出於水面的孤立小島。

「我喜歡原本的模樣。」姆米媽媽表示。她瞇著眼睛阻隔早上的太陽，太陽從一團混亂中高高升起，又紅又大的模樣像是秋天的月亮。

「而且，今天早上我們沒有咖啡可以喝了。」姆米爸爸接著說。

姆米媽媽看了通往客廳的樓梯一眼，樓梯下方也淹沒在可怕的洪水中。姆米媽媽想到她的廚房，接著想到放在大壁爐架上的咖啡罐，不確定自己是否記得關緊咖啡罐的蓋子。她嘆了一口氣。

「不如我潛入水中，把咖啡罐拿上來吧？」姆米托魯提議。他心裡的想法正好與姆米媽媽的思緒不謀而合。

「親愛的，你能夠憋氣憋得那麼久嗎？」姆米媽媽擔心的回應。

姆米爸爸以一種奇妙的眼光看著姆米媽媽和姆米托魯，若有所指的說：「我經常認為，我們偶爾也應該從天花板由上而下欣賞自己的住家環境，而不光是從平面地板上觀察。」

「你的意思是……？」姆米托魯興高采烈的問。

姆米爸爸點點頭，轉身走進他的房間，從裡頭拿出手搖鑽孔機和鋸子。

姆米爸爸開始動工，其他人則興致勃勃的圍著他看。姆米爸爸覺得用鋸子鋸開自家二樓的地板好像有點可怕，同時又有一種強烈的滿足感。

*

幾分鐘後，姆米媽媽頭一次從上往下俯瞰廚房。透過朦朧的光線，她近乎痴迷的望著樓下的景致，那兒簡直就像是一個淺綠色的水族箱。姆米媽媽隱約看見了爐子、流理台、食物處理機……這些東西全都沉在水底下，而椅子和桌子則漂浮在天花板附近。

「老天爺啊！這真是太有趣了！」姆米媽媽忍不住笑了出來。

由於她笑得太開心，整個人又跌進了搖椅中。能夠這樣觀看自己的廚房，確實相當新鮮有趣。

「還好我已經清理過食物處理機。」姆米媽媽擦去眼角笑出的淚水，「也幸好忘了把柴火搬進屋內。」

「媽媽，我現在就潛下去吧。」姆米托魯說。

「可不可以叫他別下去？拜託！拜託嘛！」在一旁的司諾克小姐焦慮不已。

「為什麼不讓他去呢？」姆米媽媽回答：「如果他覺得這麼做很刺激，就讓他試一試吧！」

姆米托魯靜靜站了一會兒，先做了幾次深呼吸，便跳進了廚房。

他直接往食物櫃游去，設法打開櫃門，櫃子裡的水與牛奶混在一起成了白色，當中還浮著一小坨一小坨的洛甘莓果醬。幾塊麵包從姆米托魯的身邊緩緩漂過，後面緊跟著一大把通心粉。姆米托魯拿了裝牛油的小碟子，抓了一條全麥麵包，再轉身從大壁爐架拿了姆米媽媽的咖啡罐，最後才浮出水面，深深吸了一大口氣。

「太好了！我確實關緊了咖啡罐的蓋子！」姆米媽媽開心的說：「這樣野餐真是太有趣了！親愛的，你可不可以再潛下去拿咖啡壺和咖啡杯呢？」

這是姆米一家人這輩子最刺激的早餐。

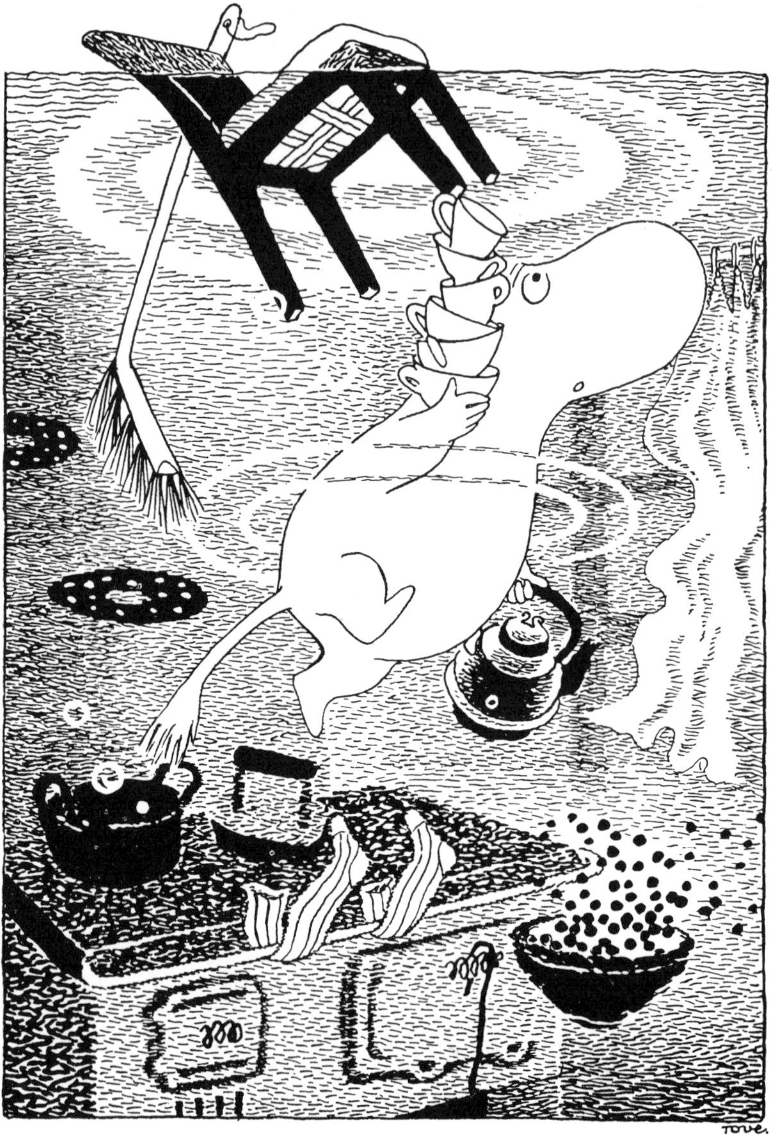
TOVE.

他們選了一張大家都不喜歡的椅子，劈開當做柴火。可惜的是，砂糖都融解了，不過姆米托魯找到一瓶蜜糖漿代替。姆米爸爸用湯匙挖出果醬罐裡的橘子醬，米妮在大家默許下，在麵包上鑽了一個洞，躲了進去。

姆米托魯不時潛回水中拿新東西上來，二樓的整個房間被他弄得濕答答的。

「今天我不洗碗了！」姆米媽媽幽默的說：「或許從今以後，我都不需要再洗碗了！對了，我們是不是應該趁客廳裡的家具還沒有泡爛前，將它們全部搬上樓呢？」

*

屋外的太陽變得溫暖，淹沒陸地的大洪水也逐漸退去。

暫時窩在小木屋屋頂上的人恢復了精神，也開始對周遭混亂的景象大感不滿。

「在我母親的那個年代，從來沒發生過這種事！」一位老鼠太太生氣的梳理著尾巴，激動的說：「當時的人根本不可能允許這種事情發生。現在時代變了，年輕人都為所欲為。」

另一隻表情嚴肅的小動物拚命擠到其他人身邊，說道：「我不認為這場可怕的大洪水是年輕人搞的鬼，我們在這個山谷中太小了，根本不可能製造出這種滔天巨浪，頂多只能在小池子或小水桶裡製造一些漣漪，或者是在茶杯裡。」

「這個年輕人是在向誰挑釁嗎？」老鼠太太不高興的挑著眉毛問。

「我沒有那個意思。」那隻表情嚴肅的小動物回答：「但是我整個晚上不停的思考。明明沒有狂風，為什麼還是產生驚人的巨浪？這是一個非常有趣的問題，你們不覺得嗎？我認為……」

「等一下，年輕人，我可以問一下你的名字嗎？」老鼠太太打斷了他的發言。

「霍姆伯。」小動物毫不介意的回答：「如果我們能夠了解浩劫發生的原因，或許就會認為這一切發生得相當自然。」

「這一切發生得相當自然，沒錯！」胖胖的米沙站在霍姆伯身邊，以尖銳的聲音接話：「霍姆伯不明白，這一切都是衝著我來的，全部都是！前天，有人偷偷在我的鞋子裡放了一顆松果，以嘲笑我的大腳；昨天，有一個亨姆廉家族的人帶著不懷好意的笑容，從我家窗前走過；接著就是這場大洪水！」

「這場大洪水真的是為了讓米沙生氣而發生的嗎？」一個小傢伙聽得目瞪口呆，忍不住好奇的問。

「我可沒這麼說！」米沙回答時幾乎快要掉眼淚了，「從來沒有人為我設想過什麼，也沒有人為我做過些什麼，這場大洪水當然也不可能是為了惹我生氣而發生。」

「如果是松樹的毬果，」霍姆伯試著安慰米沙：「或許只是剛好從松樹上掉下來？否則一定是雲杉的毬果吧。不過妳的鞋子大到裝得下雲杉的毬果嗎？」

「我知道自己有一雙大腳。」米沙不高興的咕噥著。

「我只是試著解釋。」霍姆伯表示。

「這些事情都跟個人感受有關。」米沙說：「而個人感受是無法解釋的。」

「好吧，我想妳說得沒錯。」霍姆伯垂頭喪氣的說。

這個時候，老鼠太太已經將自己的尾巴梳理得整整齊齊，現在她將注意力轉向姆米家。

「那些人正在搶救他們的家具，」她一面伸長了脖子看，一面對旁邊的人說：「但我看那套沙發已經爛掉了。而且他們在吃早餐！老天爺啊，有些人就是知道怎麼讓生活過得去！司諾克小姐還在梳頭髮呢！而我們卻差點被大洪水淹死！我是說真的，現在他們正準備把沙發抬到屋頂上晒乾呢！現在他們又準備要升旗了！有些人就是這麼輕鬆自在！」

這時，姆米媽媽將身子倚在陽台的欄杆上，朝著小木屋的屋頂大聲打招呼。

「早安！」霍姆伯也大聲的向姆米媽媽問安：「我們可以到府上拜訪嗎？現在時間會不會太早？還是我們下午再過去呢？」

「現在就可以過來啊！」姆米媽媽說：「我喜歡早上就有客人。」

霍姆伯等了一會兒，直到一棵浮在水面上的斷樹漂近，就用尾巴勾住它，然後問：「有人想要跟我一起拜訪他們嗎？」

「謝謝喔，我不要。」老鼠太太回答：「那間房子看起來亂七八糟的，跟我的品味不搭。」

「又沒有人邀請我！」米沙不高興的說。

米沙看著霍姆伯乘著斷樹緩緩離去，突然有一種被人遺棄的感覺，因此絕望的跳入水中，想要抓住那截斷樹。霍姆伯連忙將米沙拉到斷樹上，一句話也沒說。

霍姆伯和米沙就這樣慢慢漂到姆米家的陽台，從距離他們最近的窗戶爬進了屋裡。

「很高興見到你們！」姆米爸爸向他們表達歡迎之意：「請容我介紹我的家人：我的太太、我的兒子、司諾克小姐、米寶姊姊，還有米妮。」

「我叫米沙。」米沙說。

「我是霍姆伯。」霍姆伯說。

「你們真是奇怪透頂！」米妮說。

「這叫作『自我介紹』。」米寶姊姊向米妮解釋：「妳最好保持安靜，因為現在家裡有客人。」

「今天家裡有點亂，」姆米媽媽滿懷歉意的對兩位客人說：「客廳恐怕已經被大洪水淹沒了。」

「噢，請不必在意這些。」米沙表示：「你們這裡的視野真棒，今天天氣也非常好。」

「妳真的這麼認為？」霍姆伯有點驚訝的看著米沙。

米沙的臉脹得通紅。「我不是故意要說謊，」她說：「只是覺得這麼說比較有禮貌。」

在場的人陷入一片靜默。

「雖然現在這兒有點擁擠，但是偶爾做些改變也不錯。」姆米媽媽不好意思的接著表示：「你們知道嗎？我最近從一個全新的角度來觀察我的廚房……尤其是椅子全都上下顛倒。此外，樓下的積水也突然變得相當溫暖。我們全家人都非常喜歡游泳！」

「是嗎？真不錯啊！」米沙客氣的回答。

大夥兒又陷入一片沉默。

這時大家聽見了一陣輕輕的流水聲。

「米妮！不要搗蛋！」米寶姊姊嚴厲的說。

「不是我啦！」米妮說：「是洪水從我們的窗戶流進來了。」

米妮說得沒錯，窗外的大洪水又高漲了。一道波浪從窗台湧入屋內，緊接著又是另外一波。

突然間，洶湧的洪水浸濕了姆米家二樓的地

毯。

米寶姊姊連忙把米妮放進口袋裡，口中還大喊著：「還好這個家裡的每個人都喜歡游泳！」

第三章

住進鬧鬼的房子

姆米媽媽坐在屋頂，腿上放著她的手提包、針線籃、咖啡壺和家族相簿。她必須不時往更高處移動，以便躲開高漲的大洪水。姆米媽媽不喜歡尾巴泡在水裡的感覺，尤其是在客人來訪的時候。

「真遺憾，我們來不及搬出客廳裡所有的家具。」姆米爸爸表示。

「親愛的，」姆米媽媽說：「沒有椅子的桌子，或是沒有桌子的椅子，還有什麼用處呢？好比少了床單的床，也沒有用啊。」

「妳說得沒錯。」姆米爸爸同意。

「還有，穿衣鏡也很重要。」姆米媽媽溫柔的說：「早上起床照照鏡子，就可以知道自己的模樣看起來多美好。」過了一會兒，她又說：「另外，如果能夠有張躺椅，下午就可以躺下來靜靜思考。」

「不！不需要躺椅。」姆米爸爸斬釘截鐵的說。

「親愛的，好吧，一切由你說了算。」姆米媽媽回應。

被大洪水連根拔起的樹叢漂浮在水面上。運貨車、揉麵檯、送牛奶的推車、釣魚箱、碼頭棧橋、柵欄等物品也都順水漂過，其中有一些是空的，有一些則乘載著失去家園的人。不過它們都太小了，沒有辦法承載客廳的家具。

過了一會兒，姆米爸爸突然將帽子往後推，以銳利的目光望向海邊。從海的那一頭，有個奇怪的東西正隨著水流慢慢漂過來，但礙於陽光太刺眼了，姆米爸爸一時之間無法分辨那個東西是否具有危險性。唯一可以確定的是：它的體積相當龐大，大得足以容納十間客廳的家具，以及入住比姆米一家還要多人的家族。

剛開始，那個怪東西看起來像是錫罐，彷彿隨時都會沉入水底，但是現在看起來則像是一枚豎立的貝殼。

姆米爸爸轉身對大家說：「看來我們可以擺脫目前的困境了。」

「我們當然可以擺脫目前的困境。」姆米媽媽接話：「我們現在只缺一個新家落腳。畢竟惡人才會有惡報，我們又不是壞人。」

「這也不一定！」霍姆伯說：「我知道有些大壞蛋從來沒有遭遇任何惡報！」

「真是可悲的人生。」姆米媽媽納悶的說。

那個奇怪的東西此刻漂到他們附近，這下子大家都看清楚了，它其實是某種房子，屋頂上畫著兩張黃金色的臉孔，一張是哭臉，另一張則對著姆米一家微笑。在這兩張齜牙咧嘴的臉孔下方是略呈圓形的空間，裡面一片漆黑，結滿了蜘蛛網。大洪水顯然沖走了房子的某一面牆，少了牆壁的缺口兩側分別掛著天鵝絨的簾幕，但是簾幕的底部都浸泡在水中。

姆米爸爸好奇的打量著屋子的各個陰暗角落。

「有人在家嗎？」他謹慎的大喊一聲。

沒有人回答。大夥兒只聽見波浪拍打在一扇開啟門板上發出的聲響，看見空蕩蕩的地板上塵土飛揚。

「希望這間屋子的主人已經平安脫險。」姆米媽媽一臉憂戚的說：「可憐的一家人！不知道他們是什麼樣的人？以這種方式入住他們的房子實在不太好啊……」

「親愛的，」姆米爸爸提醒姆米媽媽：「水位還在上升呢。」

「我知道，我知道。」姆米媽媽回答：「我想我們最好趕緊搬進這間空屋裡。」

姆米媽媽爬進他們的新家，環顧著四周。她看得出來，原本的屋主似乎不太注重整潔。但話說回來，誰不是這樣呢？除此之外，原本的屋主還保留了許多沒有用處的舊東西。可惜屋子的一面牆不見了。不過現在是夏天，少了一面牆應該不是什麼嚴重的問題。

「我們應該把客廳的茶几放在什麼地方？」姆米托魯問。

「就放在地板的正中央好了！」姆米媽媽回答。等到客廳那些垂掛流蘇的深紅色絨椅在姆米媽媽身旁安置妥當之後，她的心情才終於輕鬆許多，原本看起來相當古怪的空間也在一瞬間變得十分舒適。姆米媽媽愉悅的坐在搖椅上，開始想像要裝上什麼款式的窗簾，還要替牆壁更換天藍色的壁紙。

「我們家只剩下那面旗幟還在水面上了。」姆米爸爸哀傷的說。姆米媽媽拍拍姆米爸爸的手。「我們家真的是棟好房子，」她說：「比這間房子好太多了。但是不久之後，大家就會覺得一切都很尋常。」

（親愛的讀者：其實姆米媽媽大錯特錯。接下來發生的一切相當不尋常，因為這根本不是普通的房子，之前住在這裡的人也不是普通的人。但是我在這裡必須先賣個關子。）

「你們希望我去搶救那面旗幟嗎？」霍姆伯問。

「不必了，就讓它留在那裡好了！」姆米爸爸說：「看起來挺威風的。」

大家就這樣在姆米谷裡緩緩往前漂流。當他們漂到進入寂寞山的小徑時，依然可以看見那面插在水中的旗幟，彷彿開開心心的向他們道再見。

＊

姆米媽媽在他們的新家忙著準備晚餐。

餐桌擺放在空曠又陌生的屋子裡，看起來有點落寞。雖然椅子、穿衣鏡、儲放毛巾的櫥櫃圍繞在餐桌四周，但是家具後方卻是一片黑暗與靜默，而且灰塵遍布。天花板是整間屋子裡最讓人覺得怪異的地方，邊緣垂著紅色流蘇的客廳吊燈原本應該牢牢附在天花板上才對。當這間房子在水面上順流漂去時，好像有個龐大又不知名的東西

也隨之來回晃動，在天花板上形成隱隱飄動的神祕陰影。

「這屋子裡有許多令人無法理解的地方。」姆米媽媽自言自語：「不過，我們本來就不能一味要求所有的事物都必須照著自己習慣的方式存在，不是嗎？」

她數了數餐桌上的茶具，突然發現大家忘了帶橘子果醬來到新家。

「真可惜，」姆米媽媽說：「我明明知道姆米托魯喝茶時喜歡搭配橘子果醬，怎麼還忘了呢？」

「或許原本住在這裡的人，離開時也忘了帶走他們的橘子果醬。」霍姆伯提醒姆米媽媽：「可能是不方便打包，也或者是瓶子裡剩下的橘子果醬不多了。」

「這樣啊，如果找得到就好了。」姆米媽媽略帶懷疑的說。

「我去找找看。」霍姆伯說：「我相信這屋子裡一定有食物儲藏室。」

霍姆伯朝著陰暗處走去。

地板正中央立著一扇門板。霍姆伯跨過門框，驚訝的發現那扇門是以夾板做成，門板背面還畫了一個磚砌的爐灶。接著他爬上樓梯，沒想到這座樓梯竟然只建造到半空中。

「這一定是有人在開玩笑，」霍姆伯心想：「但是我一點都不覺得有趣！門應該是為了進入某個地方而存在，樓梯也是，這樣才對吧？假如米沙的行徑突然變得像米寶姊姊、霍姆伯的舉止突然變得像亨姆廉，生活會變成什麼樣啊？」

霍姆伯在旁邊發現了一堆破破爛爛的東西。那堆東西是由石膏、夾板與帆布做成的，有著各種奇怪的形狀，應該是前任屋主家的人懶得收到閣樓上的廢棄物，或者是創作到一半沒完成的手工藝品。

「你在找什麼？」米寶姊姊突然從一個櫥櫃裡走出來，那個櫥櫃既沒有置物的夾層，也沒有後方的背板。

「我在找橘子果醬。」霍姆伯回答。

「這裡有各式各樣的東西！」米寶姊姊說：「應該也會有橘子果醬吧？這一定是個

有趣的家族。」

「我們剛才看見前任屋主家族中的某個人了。」米妮一臉驕傲的說：「但是他好像不太喜歡讓人看見！」

「在哪裡？」霍姆伯問。

米寶姊姊伸手指向一個陰暗的角落，那裡堆放著許多破破爛爛的物品，一路堆到天花板。在那堆物品旁邊，有一棵棕櫚樹倚在牆上，用紙做成的樹葉憂鬱的沙沙作響。

「那個人是壞人！」米妮低聲說：「他準備一個個敲昏我們！」

「等等，別緊張。」霍姆伯微微啞著嗓子說。

霍姆伯走向半開的小門，小心翼翼的嗅聞。

小門的後方是一條神祕通道，通向黑暗的深處。

「我覺得食物儲藏室就在這附近。」霍姆伯說。

他們走進通道，發現裡面還有許多扇小門。米寶姊姊打量離她最近的門牌，拼出門牌上褪色的字母。「舞、台、道、具。」她念道：「舞台道具？聽起來就像是壞人的名字！」

霍姆伯鼓起勇氣，敲了敲門。他們緊張的等待回應，但顯然舞台道具先生不在。

米寶姊姊推開了門。

他們頭一次看見這麼多東西堆在小小的空間裡。房間裡的牆面上都是櫃架，從地板上一路延伸到天花板。架上的東西五花八門，包括裝著各種水果的大碗、各類玩具、桌燈、瓷器、錫製的頭盔、各種花卉、各式工具、鳥類標本、書籍、電話、電風扇、水桶、地球儀、槍枝、帽盒、座鐘、數字磅秤……

米妮從米寶姊姊的肩膀上縱身一跳，躍上櫃架。她往架子上的一面鏡子望去，隨即驚訝的大喊：「你們看！我越長越小，都要看不到自己了！」

「那不是真正的鏡子啦！」米寶姊姊解釋：「妳

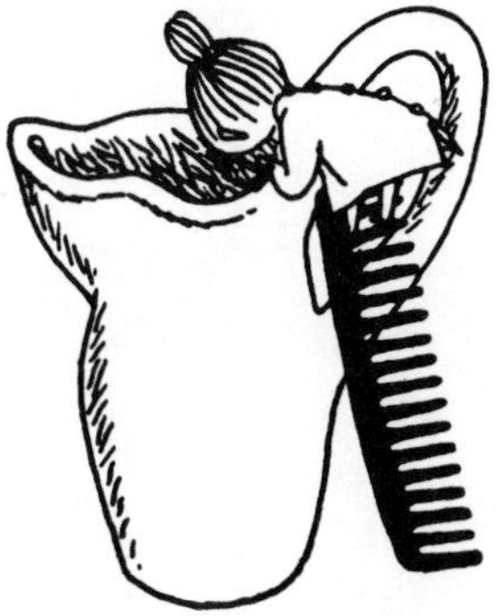

還是和以前一樣，正常的大小。」

霍姆伯尋找橘子果醬。「或許果醬就沒問題。」他說，一面試圖打開果醬罐蓋子。

「那罐果醬是彩繪的石膏模型！」米寶姊姊驚呼。她拿起一顆蘋果，咬了一口。

「木頭做的。」她說。

米妮大笑。

但是霍姆伯卻相當擔心。周遭的一切都是假的。它們漂亮的顏色都是仿造的，他伸手所及的各種物品都是由紙板、木材或塑膠所做成！金色的皇冠一點也不精緻，而且沒有什麼重量，花朵全都是紙花，小提琴沒有琴弦，箱子缺乏底部，書本甚至沒辦法翻開。

向來做人誠實的霍姆伯感到無比困惑。他思索著這些假東西存在的理由，卻根本想不出合理的解釋。「我真希望自己可以聰明一點，」霍姆伯心想：「或者年長一點！」

「我喜歡這裡。」米寶姊姊說：「這個地方彷彿什麼事都不重要。」

「有哪個地方什麼都很重要嗎？」米妮問。

「好像也沒有。」米寶姊姊開心的回答：「妳別問這種傻問題！」

這時，突然有人哼了一聲，聲音既響亮又帶著輕蔑。

他們驚恐的面面相覷。

「我要回去了！」霍姆伯低聲表示：「這裡的一切都讓我覺得傷感。」

客廳裡突然傳來一聲巨響，架上微微揚起了一道灰塵。霍姆伯立刻拿起一把劍，衝出走廊。他們都聽見了米沙的尖叫聲。

客廳裡一片漆黑，有個又大又軟的東西撲到霍姆伯臉上。霍姆伯害怕得閉上雙眼，舉起劍就往這個看不見的敵人劈去。他聽見了布料破裂的聲音，彷彿他的敵人是布做成的。等霍姆伯終於敢睜開眼睛時，他看見陽光從他劃開的破口透過來。

「你在做什麼？」緊跟在霍姆伯身後的米寶姊姊問。

「我殺死了舞台道具！」霍姆伯以發抖的聲音回答。

米寶姊姊聞言後笑了出來，接著她鑽過破口，走進客廳。「那麼，你們剛剛在這裡做什麼？」米寶姊姊問。

「媽媽只是拉了一下某條繩索！」姆米托魯嚷著。

「然後就有個好大的東西從天花板上掉下來。」米沙大喊。

「屋裡就突然出現了一片美麗的風景。」司諾克小姐接著說：「一開始，我們還以為那是真的，沒想到妳就從草原上的破口走了出來。」

米寶姊姊轉過身，想看個究竟。

她看見一片青翠的白樺樹，

樹林旁有一座碧藍色的湖泊。霍姆伯從草叢裡探出頭來，表情看來鬆了一口氣。

「謝天謝地，」姆米媽媽說：「我還以為那是窗簾的拉繩，沒想到拉了一下之後，這個東西就從上面掉下來了。幸好沒人受傷。噢，對了，你找到橘子果醬了嗎？」

「沒找到。」霍姆伯搖搖頭。

「好吧！無論如何，我們該喝茶了。」姆米媽媽說：「我們還可以一面喝茶，一面欣賞這幅畫呢。真是美好。我希望這幅畫可以就這樣擺在這裡。」

她開始替大家斟茶。

這個時候，突然有人發出了笑聲。

那個笑聲裡包藏著深深的惡意，聽起來相當蒼老，從紙板棕櫚樹後方的陰暗角落傳來。

大家沉默許久後，姆米爸爸開口問：「請問，有什麼好笑的事情嗎？」

四周依然一片靜默。

「你要不要也喝杯茶呢？」姆米媽媽忐忑的問。

角落安靜無聲。

「那一定是原本住在這裡的人。」姆米媽媽說：「他為什麼不肯出來向大家自我介紹呢？」

大家又等了好一會兒，依然毫無動靜，於是姆米媽媽說：「孩子們，你們的茶快涼了。」她開始將乳酪切成同樣大小。當姆米媽媽在麵包上塗抹奶油時，屋外突然下起一陣大雨，雨水打在屋頂上，發出有如打鼓般的聲響。

同時，屋外的強風開始呼嘯。

大夥兒轉頭望向屋外，看見夕陽正緩緩隱入平靜的夏日海面，大海如鏡子般光滑無瑕。

「事情好像真的有點不太對勁。」霍姆伯說。他看起來相當心煩意亂。

強風聲響加劇，他們可以聽見巨浪拍打在遠方海岸的聲音，雨水顯然也不斷傾盆而下。但是外面明明一如往常般風和日麗。這時，雷聲也響起了。一開始，低沉的隆隆聲像是來自遠方，隨後便越來越近。客廳裡甚至出現白色閃電，巨大的雷鳴持續在納悶的姆米家族頭上響著。

屋外的太陽仍舊平靜而優雅的沉入海平線。

地板突然開始旋轉，起初只是慢慢的轉動，後來越轉越快，杯子裡的茶來回潑灑，溢出了杯緣。整個客廳就像是一座旋轉木馬，桌子、椅子、姆米一家人、穿衣鏡和毛巾櫥櫃全都轉個不停，大夥兒束手無策，只能想辦法穩住身子。

過了一會兒，所有的怪異現象突然結束，就跟開始時一樣莫名其妙。雷聲、閃電、暴雨、狂風，全都消失無蹤。

「這間房子實在是太奇怪了！」姆米媽媽忍不住驚呼。

「那不是真的！」霍姆伯大喊：「根本沒有雲，而且閃電打下來三次，卻沒有東西受損！再說了，狂風和暴雨都是……」

「剛才有個人一直在嘲笑我！」米沙打斷霍姆伯的發言。

「反正現在一切都結束了。」姆米托魯說。

「我們必須非常小心。」姆米爸爸表示：「這是一棟危險又鬧鬼的房子，任何事情都可能發生。」姆米爸爸睜大了眼睛，謹慎的打量著四周。

「謝謝你們的招待。」霍姆伯說。他走到客廳邊緣，向外凝視夕陽。「他們和我截然不同。」他心想：「他們有感覺、看得見各種顏色、聽得見聲音，而且剛才也團團轉，可是他們卻完全不管自己感受到或看見、聽見了什麼，也不在乎為什麼會轉個不停。」

夕陽最後的身影消失在海平面下方。就在這個時候，整個客廳突然燈火通明。姆米一家人都嚇了一跳，原本在喝茶的他們紛紛抬頭往上看。他們頭頂上有一道排列成拱形的電燈，正發出紅色與藍色的明亮燈光。在黑夜的海面上，這道燈光有如星星編織成的花環，看起來美麗又友善。客廳的地板上也亮起了一道排列方式雷同的燈光。

「這可以防止人們跌入海裡，」姆米媽媽說：「人生真是充滿了平和啊！但今天經歷了一連串刺激與驚喜，實在有點累了。我現在應該要休息了。」

在姆米媽媽鑽入被窩之前，她仍不忘對大家說：「不過，如果又有什麼新的變化，別忘了叫醒我喔！」

*

當天夜裡，米沙獨自沿著海邊散步。她看著月亮緩緩升起，展開一段寂寞的夜空之旅。

「月亮和我一樣呢！」米沙悲傷的想：「如此盈滿，如此孤單。」

一想到這兒，米沙覺得自己有如遭世人遺棄，微不足道，忍不住輕聲啜泣起來。

「妳為什麼哭了呢？」霍姆伯走到米沙身邊關心的問。

「我不知道，但是哭泣的感覺很好。」米沙回答。

「可是，人不是只有在傷心的時候才會哭泣嗎？」霍姆伯反駁。

「好吧，你說得沒錯……我是因為月亮……」米沙幽幽的說，然後擤了一下鼻涕，「月亮、夜晚，還有種種的哀傷……」

「噢！好吧！」霍姆伯說。

第四章

虛榮心與在樹上睡覺的危險

就這樣過了好幾天。

姆米一家人已經開始習慣這間怪異的新家。每天晚上，夕陽一下山，美麗的電燈就會亮起。姆米爸爸發現，拉起紅色天鵝絨簾幕就可以擋雨。他還發現地板下方有一間小小的食物儲藏室，上面有個小小的圓頂，儲藏室因為三面環水而顯得陰涼。不過，最棒的發現是天花板上掛著許多圖畫，每一幅都比那面白樺樹林的風景畫還漂亮。你可以隨心所欲的拉下及收回這些圖畫。有一幅畫的主題是有雕花扶手的陽台，這幅畫變成大家最喜歡的作品，因為它讓人回想起姆米谷的家園。

只是，如果沒有那個討人厭的笑聲三不五時打斷談話，他們在這個新家裡一定會過得更愉快。有時候，那個躲在陰暗處的傢伙還會發出輕蔑的哼聲。那傢伙對他們嗤之以鼻，但是從來不肯現身。姆米媽媽曾經在餐桌上盛了一碗食物，放在陰暗角落的紙棕櫚樹旁，到了隔天，碗裡的食物就吃得乾乾淨淨。

「那個人一定非常害羞。」姆米媽媽說。

「那個人一定是在等待什麼。」米寶姊姊說。

＊

有一天早上，米沙、米寶姊姊和司諾克小姐一起梳理頭髮。

「米沙應該換個髮型了。」米寶姊姊說：「中分的髮型不太適合米沙。」

「可是她不適合有劉海的髮型。」司諾克小姐說著，一面梳理兩個耳朵之間的柔順毛髮。她輕輕梳整尾巴尖端的細毛，轉頭確認自己背後的絨毛是否整齊。

「把全身的毛髮打理得蓬鬆，感覺是不是很舒服？」米寶姊姊問司諾克小姐。

「非常舒服。」司諾克小姐一臉滿足的回答：「米沙，妳梳理好了沒？」

米沙沒有回答。

「米沙應該要把自己的頭髮梳理得蓬鬆才對。」米寶姊姊說著，一邊在頭髮繫上蝴蝶結。

「或者梳得鬈鬈的也不錯。」司諾克小姐說。

米沙突然跺腳。「我受夠了妳們和妳們蓬鬆的毛髮！」米沙對著司諾克小姐和米寶姊姊大喊，突然哭了出來，「妳們以為自己什麼都懂！司諾克小姐甚至連衣服都沒穿！如果我完全沒穿衣服，絕對、絕對、絕對不敢到處走來走去！如果要我不穿衣服，我寧可立刻去死！」

米沙隨即跑出客廳，衝進走廊。她在黑漆漆的走廊上邊啜泣邊蹣跚前進，下一刻卻突然停下腳步，覺得非常害怕。她想起那個奇怪的笑聲

米沙停止哭泣，著急的摸索往回走的路。她在黑暗中不停尋找客廳的門，心裡的恐懼感越來越強烈。最後，她終於摸到一扇門，趕緊打開。

沒想到那扇門並非通往客廳，而是另一個房間。光線昏暗的房間裡是一長排的頭顱！一顆顆被砍下的頭顱連接著細細長長的脖子，頭頂上則有濃密得超乎尋常的頭髮，全都面對著牆壁。「要是他們看著我，」米沙慌亂不安的心想：「想像一下，假如這些頭顱全都往我這邊看……」

米沙非常害怕，動都不敢動一下。她就像是被下了符咒，只能睜大眼睛注視著那些頭顱上的金色鬈髮、黑色鬈髮、紅色鬈髮……

＊

這時司諾克小姐坐在客廳裡，心裡覺得對米沙相當抱歉。

「妳別把米沙的話放在心上。」米寶姊姊說：「一點小事都會讓她大大抓狂。」

「可是她說得沒錯。」司諾克小姐含糊的說，低頭看了一下自己的肚子，「我確實應該穿件衣服。」

「當然不用啊，」米寶姊姊說：「別傻了！」

「可是妳自己也穿著衣服啊！」司諾克小姐反駁。

「沒錯，因為我是我啊。」米寶姊姊毫不在意的說：「霍姆伯！你覺得司諾克小姐應該穿衣服嗎？」

「如果她覺得冷就穿。」霍姆伯回答。

「不是啦，不是啦，反正不是這樣啦！」司諾克小姐急著解釋。

「要不然，下雨的時候也該穿上衣服。」霍姆伯又說道：「不過，如果下雨了，穿件雨衣比較實用。」

司諾克小姐搖搖頭。她猶豫了一會兒才說：「我要去找米沙談一談這件事。」她拿了手電筒，走向那條小小的走廊，走廊上空蕩蕩的。

「米沙？」司諾克小姐輕聲喚著：「說實話，我挺喜歡妳中分的髮型……」

米沙沒有回應。這時司諾克小姐發現有道微光從某道門縫透了出來。於是她跑到門邊，往房間裡一探究竟。

米沙獨自坐在門後的房間裡，頭上頂著全新的髮型：一頭鬈曲的黃色長髮，披垂在她憂愁的面容旁。

小米沙看著鏡中的自己，幽幽的嘆了一口氣。她拿起另外一頂美麗的假髮，這

是一頂狂野的紅色假髮，用劉海遮住眼睛。

結果並沒有比較好。最後，她伸出顫抖的雙手，拿起她預先放在一旁的某頂假髮。這是她最喜歡的一頂，黑得發亮的鬈髮上有著亮閃閃的金色線條，看起來就像是撒滿了金色的淚滴。米沙屏住呼吸，戴上了這頂非常搶眼的假髮。她看著鏡中的自己良久，才緩緩的拿下假髮，坐下來看著地板。

司諾克小姐悄悄退回到走廊，她沒有打擾米沙，她明白米沙想要自己一個人靜一靜。

但是司諾克小姐也沒有回到大家身邊，反而一路嗅著空氣，往走廊更深處走去。司諾克小姐聞到一種充滿誘惑力而且相當有趣的味道：蜜粉的香味。她用手電筒照射出的小小光圈沿著牆壁尋找，終於在一扇門上找到那神奇的字眼：服裝間。「衣服！」司諾克小姐輕聲自語：「服裝！」她轉開門把，走了進去。

「噢，這實在太棒了！」司諾克小姐的心噗通噗通的跳著，「真是太美了！」

整個房間裡有著上百件禮服、洋裝和連身裙，整整齊齊的掛在數不盡的衣架上，包括繽紛閃亮的錦緞、輕柔的薄紗與天鵝絨、印著花卉圖案的綢衣，還有顏色有如黑夜般神祕的絲絨，上面繡著閃爍動人的亮片，看起來就像是精巧又豔麗的耀眼煙火。

司諾克小姐走近那些衣服，整個人心花怒放。她一一觸摸服裝，一把將它們貼到鼻尖，完全沉醉其中。衣服被司諾克小姐弄亂後，揚起一陣灰塵，空氣裡也瀰漫一股陳舊的香水味。柔軟的衣服填滿了司諾克小姐的心。她突然鬆開手，放掉手中所有的衣物，開心的倒立了一會兒。

「冷靜一點，」她輕聲說：「我一定要冷靜下來，否則我會開心過頭！這裡的衣服

實在太多了……」

*

晚餐前不久，米沙再度出現在客廳裡，神情哀傷的獨自坐在角落。

「米沙！」司諾克小姐在米沙的身旁坐了下來。

米沙看了司諾克小姐一眼，沒有任何回應。

「我剛才去找衣服了。」司諾克小姐說：「我找到了好幾百件衣服，非常開心。」

米沙哼了一聲，這哼聲可能代表任何含義。

「說不定有一千件衣服喔！」司諾克小姐繼續說：「於是我一件件的挑選，一件件的試穿，沒想到我卻越來越難過。」

「真的嗎？」米沙聞言後驚呼。

「對啊！沒想到吧？」司諾克小姐回答：「那裡的衣服實在太多了，妳懂嗎？我沒有辦法全部試穿，甚至沒有辦法選出最漂亮的衣服！那種感覺令我害怕！我當時真希望那裡只掛著兩件衣服就好！」

「是啊，那樣肯定就簡單多了。」米沙回應，她這時比較開朗了。

「所以，我最後只好拋開全部的衣服離開了。」司諾克小姐說出結論。

她們靜靜的坐了一會兒，看著姆米媽媽準備晚餐。

「我很好奇，」司諾克小姐開口：「真的很好奇，以前住在這裡的家族，到底是什麼樣的人呢？他們家裡有上千件的衣服、有時會旋轉的地板、從天花板垂下的圖畫、堆在舞台道具先生房間架上的各種東西，還有紙做的門和特殊的降雨。他們到底是什麼樣的人呢？」

米沙想起那些美麗的假髮，嘆了一口氣。

在米沙與司諾克小姐身後，有一雙銳利的小眼睛隱藏在紙棕櫚樹旁、那堆積滿灰塵的廢棄物後方，不懷好意的注視著客廳裡的一切。那雙眼睛以輕蔑的目光掃過米沙與司諾克小姐，再掃視客廳，最後停留在正將一大碗麥片粥端上桌的姆米媽媽身上。那雙眼睛變得更幽暗，鼻子皺了一下，發出無聲但充滿嘲諷意味的鼻息。

「大夥兒，吃飯囉！」姆米媽媽呼喚著。她裝了一盤麥片粥，放在紙棕櫚樹旁的地板上。

姆米一家人全都跑到餐桌旁就座，準備吃晚飯。「媽媽！」姆米托魯伸手拿起糖罐子，「妳不覺得……」他突然住口，手上的糖罐子也砰的一聲掉回桌上。「你們看！」他輕聲說：「快看！」

大家都轉頭看。

有一道身影正從陰暗的角落裡爬出來，那是一個渾身灰色、皺巴巴的傢伙，她拖著腳步，因為光線太亮而眨著眼睛，還甩了甩嘴邊的鬍鬚，以充滿敵意的眼神瞪視著姆米一家人。

「我是艾瑪。」這隻年華已逝的劇場演員老鼠嚴肅的說：「我想告訴你們，我討厭吃麥片粥。你們已經連續三天吃麥片粥了。」

「我們明天吃稀粥。」姆米媽媽不好意思的說。

「我也討厭吃稀粥！」艾瑪回答。

「艾瑪，請妳也和我們一起坐下來吧！」姆米爸爸說：「我們以為這間房子被人遺棄了，所以才會……」

「房子？真是夠了！」艾瑪哼了一聲，打斷姆米爸爸的話，「這裡才不是一般的房子！」她拖著腳走到餐桌旁，但沒坐下。

「她是不是在生我的氣啊？」米沙低聲說。

「妳做了什麼事嗎？」米寶姊姊問。

「我什麼都沒做。」米沙對著盤子咕噥：「只是覺得自己可能做了什麼讓她生氣的事，因為我總覺得有人在生我的氣。假如我是世界上最完美的米沙，或許一切就會大不相同……」

「或許吧！可惜妳不是。」米寶姊姊說完又繼續用餐。

「艾瑪，妳的家人都平安無事嗎？」姆米媽媽關心的問。

艾瑪沒有回答。她的目光正聚焦在乳酪上……她伸手拿了乳酪，放進自己的口袋。之後，她的注意力又轉移到一小塊煎餅上。

「那是我們的煎餅！」米妮大叫一聲，飛身坐到煎餅上。

「妳這樣很沒有禮貌。」米寶姊姊責備米妮。她將米妮從煎餅上移開，撥開上頭的灰塵後，才把煎餅藏到桌巾底下。

「親愛的霍姆伯，」姆米媽媽連忙說：「能不能請你立刻到食物儲藏室去，看看那裡是不是有適合艾瑪的食物！」

霍姆伯馬上去找。

「食物儲藏室！」艾瑪又大叫一聲：「食物儲藏室！我的老天爺啊！你們竟然以為提詞席是食物儲藏室？以為舞台是掛著圖畫的客廳？以為舞台的布幕是窗簾？還以為『舞台道具』是某人的名字？」艾瑪氣得滿臉通紅，鼻子上的皺紋也一路堆到額頭上。「說真的，我太感謝上帝了！」艾瑪小姐激動得大喊：「感謝上帝，幸好我那個擔任舞台經理的丈夫菲力強克已經過世了，願他安息，不需要面對你們這些無知的傢伙。你們顯然對劇場一無所知，甚至還要糟糕，根本就是無知到極點！」

這時霍姆伯回來了。「有一條鯡魚乾，但已經放很久了。」

艾瑪立刻從霍姆伯的手中搶過鯡魚乾，再拖著腳步回到她原本藏身的角落。她在那裡東翻西找，最後拖出了一把大大的掃帚，開始打掃地板。

「劇場是什麼東西？」姆米媽媽不自在的低聲說。

「我不知道，」姆米爸爸回答：「但是聽起來好像大家都應該知道。」

*

傍晚時分，一陣奇怪的山梨花香飄進了客廳。外面的鳥兒飛進屋內，捕食天花板上的蜘蛛，米妮還在地毯上碰到一隻危險的大螞蟻。原來，在大夥兒不知不覺中，他們已經停在一座森林上了。

姆米一家都非常興奮，頓時忘了害怕艾瑪，全都開開心心的聚在水邊談天說笑、手舞足蹈。

他們把房子牢牢繫在一棵高大的山梨樹上。姆米爸爸將繩索的一頭緊緊綁在自己的手杖上，再把手杖插在食物儲藏室的圓頂。

「請你不要破壞提詞席！」艾瑪對他大吼：「你以為這是劇場還是船屋啊？」

「如果妳說這裡是劇場，那麼它就是劇場。」姆米爸爸謙虛的回答：「不過，我們都不知道那是什麼意思。」

艾瑪瞪著他，沒有回應。她搖頭聳肩，用力哼了一聲，繼續掃地。

姆米爸爸仰望著山梨樹的頂端，上面有一大群黃蜂圍繞在白色花朵旁嗡嗡作響。樹幹彎曲得恰到好處，形成圓滑的分叉，非常適合體型不大的人躺在上面睡覺。

「今晚我就睡在這棵樹上吧！」姆米托魯突然說。

「我也要。」司諾克小姐立刻表示。

「還有我！」米妮大喊。

「我們睡在屋裡。」米寶姊姊說：「樹上可能會有螞蟻，如果妳被螞蟻咬了，身體就會腫大，變得比橘子還大！」

「可是我喜歡變大！我要變大！我要變大！」米妮大喊。

「妳最好乖乖聽話，」米寶姊姊說：「否則莫蘭就會抓走妳！」

姆米托魯依然仰望著彷彿綠葉屋頂的山梨樹蔭，看起來有點像姆米谷的家園。他吹起口哨，一面計畫著要編出一架繩梯。

艾瑪跑了過來。「不准吹口哨！」她大喊。

「為什麼？」姆米托魯問。

「在舞台上吹口哨會帶來不幸！」艾瑪以低沉的聲音回答：「難道你連這個都不懂？」艾瑪一面咕噥，一面揮動掃帚，拖著腳步緩緩走回陰暗處。姆米一家人不安的望著艾瑪離去時的背影。過了一會，他們就把這事拋到腦後了。

*

到了睡覺時間，姆米托魯利用繩索將毯子之類的寢具拉到樹上，姆米媽媽則幫姆米托魯和司諾克小姐把明天的早餐放進小籃子裡。這樣一來，隔天早上他們起床享用早餐一定很好玩。

米沙在一旁觀望著。

「可以在樹上睡覺，真是幸福啊！」她說。

「如果妳喜歡這樣，為什麼不睡樹上呢？」姆米媽媽問。

「沒有人邀請我啊。」米沙悲哀的說。

「我的老天爺！親愛的米沙，請帶著妳的枕頭，爬到樹上加入他們吧！」姆米媽媽說。

「不了，謝謝。現在這樣再也不好玩了。」米沙回答後便離開了。她在角落坐下來哭泣。

「為什麼事情總是這樣呢？」米沙想：「是什麼造成這一切如此的悲傷、難熬呢？」

*

當天晚上，姆米媽媽一直無法入睡。

她聆聽地板下方的流水聲，覺得有點不安。她聽見艾瑪自言自語，拖著腳步沿著牆面行走的聲音。還有不明的動物在森林裡尖叫。

「姆米爸爸。」姆米媽媽輕聲喚著。

「什麼？」姆米爸爸回應。

「我有點不安，好像有什麼事情不太對勁。」

「別擔心，一切都會很好的。」姆米爸爸含糊的說，隨即又睡著了。

姆米媽媽躺著，凝視了森林深處好一會兒，但她也漸漸昏昏欲睡。夜色籠罩了整個客廳。

*

一小時過去了。

一道灰色的身影悄悄爬過地板，在食物儲藏室停下腳步。是艾瑪。她鼓起所有年邁的力氣和怒火，拔起姆米爸爸插在食物儲藏室圓頂上的手杖，將手杖與繫在手杖上的繩索全都遠遠丟進大海裡。

「誰叫他們任意毀壞劇場的提詞席！」艾瑪自言自語。她拿起餐桌上的糖罐子，把罐裡的糖全部倒進自己的口袋裡，才又走回角落的藏身處。

少了固定停泊位置的繩索，房子開始隨著海浪自

由漂流。紅藍兩色燈光形成的拱狀光弧在樹林間閃爍了一會兒。

接著燈光就消失了，只剩下蒼白的月光照亮森林。

第五章

在劇場吹口哨的下場

司諾克小姐從睡夢中凍醒，她的劉海都濕透了。整座森林籠罩在一片濃霧之中，彷彿隔離在灰色的高牆之間。樹幹潮濕，如木炭般黝黑，但樹幹上的苔蘚卻變得格外明亮，到處形成雅致的玫瑰圖案。

司諾克小姐將頭埋進枕頭，想要繼續剛剛的美夢。司諾克小姐剛才夢見自己有一個小巧又美麗的鼻子，現在卻無法再度回到美夢之中。

她這時突然警覺到有點不對勁。

她嚇了一跳，環顧四周。

她看見樹木、濃霧與海水，卻不見房子的蹤影。房子不見了，這裡只剩下司諾克小姐和姆米托魯。司諾克小姐看得目瞪口呆。

她傾身輕輕搖醒姆米托魯。

「保護我，」司諾克小姐輕聲的說：「親愛的，保護我。」

「怎麼了？妳又想玩什麼新遊戲嗎？」姆米托魯睡眼朦朧的問。

「不是的！這次是真的不好了！」司諾克小姐注視著姆米托魯，她的雙眼因為害怕而變得深邃。

姆米托魯和司諾克小姐可以聽見周圍由霧氣凝聚成的水珠悶悶滴落的聲音，水珠一滴滴落在黑漆漆的水面上。所有花朵的花瓣似乎在一夜之間全都凋落了。這是一個非常寒冷的早晨。

他們並肩坐著，動也不動，任憑時間流逝。司諾克小姐忍不住把臉埋在枕頭，無聲的啜泣。

最後，姆米托魯站起身來，僵硬的伸手，拿下掛在樹枝上的早餐籃。籃子裡裝滿了以餐巾紙包裝的精緻三明治，每種口味都有兩份。他把三明治排成一排，卻毫無食欲。

姆米托魯突然發現，姆米媽媽在包裝三明治的餐巾紙上寫了一些字，例如：「乳酪」、「只有奶油」、「親愛的香腸」，以及「早安！」，最後一份還特別注明了「這是姆米爸爸準備的」。這份三明治裡夾了龍蝦肉，龍蝦罐頭是姆米爸爸從春天就保留下來的。

這一刻，姆米托魯覺得情況其實沒那麼危險。

「親愛的，請妳別再哭泣了，吃點三明治吧！」姆米托魯說：「等一會兒我們就要穿越森林。另外，請妳梳理一下劉海，因為我喜歡看妳漂漂亮亮的模樣！」

*

接下來的整天，姆米托魯和司諾克小姐爬過一棵又一棵的樹。直到晚上，他們才首度看到綠色的青苔在水底隱隱發光，並且逐漸往高處蔓延，最後延伸成為堅硬的陸面。

啊！能夠再次踏上堅硬的土地，雙腳踩在柔軟的青苔上，感覺實在太美好了！這裡的樹林全是雲杉，在這個寧靜的夜裡，林間隨處可以聽見杜鵑的啼聲。成群的蚊蟲在緊密生長的雲杉下方飛舞。還好，蚊子沒有辦法叮穿姆米的皮膚。

姆米托魯放鬆的躺在青苔上伸懶腰。由於他整天不斷從樹上俯視下方的洪水渦流，此刻早已頭昏眼花。

「我相信，一定是你故意偷偷綁架我！」司諾克小姐輕聲說。

「嗯！這麼說也沒錯啦！」姆米托魯體貼的回答：「妳哭得太傷心，我就綁架了妳。」

儘管夕陽已經西沉，但因為現在是六月天，天色其實尚未完全暗下來。六月的夜晚帶著一抹蒼白，有如一個神奇的夢幻世界。

在森林深處的某棵雲杉

下方，突然燃起了小小的火光，原來是一個由針葉與樹枝堆成的迷你版營火。透過火光，他們可以清楚看到一大群小小的森林居民正準備把一顆松果推入營火中。

「他們正在堆仲夏之火！」司諾克小姐驚呼。

「對！」姆米托魯忍不住嘆了一口氣：「我們都忘了今晚是仲夏之夜。」

一股濃烈的思鄉之情湧上他們心頭，於是他們從青苔上起身，繼續往森林更深處前進。

每年此時，姆米爸爸在姆米谷裡釀製的棕櫚酒正好也熟成了，大夥兒便在海邊點燃仲夏之火，姆米谷和森林裡的居民都會齊聚一堂，觀賞營火。遠方的海灘和小島上也會有其他的夏季營火，但是姆米家的營火總是規模最盛大的。每當營火熊熊燃燒至最旺盛的時候，姆米托魯就會跳進溫暖的海水中仰泳，一面讓身體隨著波浪搖擺，一面欣賞營火。

「我們家的營火會映照在海面上。」姆米托魯對司諾克小姐說。

「對啊！」司諾克小姐說：「等到營火熄滅時，我們就會摘下九種不同的花朵，放在枕頭底下，這樣一來，夢想就會實現。但是，摘花的時候不能說話，必須保持沉默到隔天早晨。」

「妳的夢想實現過嗎？」姆米托魯問。

「當然！」司諾克小姐回答：「而且都是非常美好的事。」

他們走著走著，來到了樹林間的一片空地。一層薄霧籠罩其間，看起來就像是一個盛著牛奶的碗。

姆米托魯和司諾克小姐站在樹林外圍，心情有點焦慮。透過這層薄霧，他們隱約可以看見一棟小屋，屋子的煙囪與門柱上都裝飾著新鮮樹葉編成的花環。

他們聽見一陣微弱的鈴聲傳來，分不清是來自夜霧或小屋。過了一會兒，鈴聲就停了。又過了一會兒，鈴聲再度響起。但小屋的煙囪並沒有飄出緩緩上升的炊煙，窗裡也是一片漆黑。

*

這些事情發生的同時，留在漂流房屋裡的姆米一家也迎接了最悲慘的早晨。姆米媽媽毫無食欲，愁容滿面的坐在搖椅上，口中不斷的喃喃自語：「可憐的孩子，我那可憐的、親愛的小姆米寶貝！就這樣孤零零的被遺留在樹上！恐怕永遠都找不到回家的路了。等到夜晚來臨，貓頭鷹就會發出尖銳刺耳的叫聲，他們一定會嚇壞了！」

「貓頭鷹要等到八月才會出來。」霍姆伯安慰姆米媽媽。

「是嗎？好吧。」姆米媽媽繼續啜泣著，「即便如此，夜晚也一定還有其他動物會發出可怕的叫聲啊！」

姆米爸爸則一臉悲傷的望著食物儲藏室圓頂上的洞。「都是我的錯！」他說。

「不要這樣責怪自己。」姆米媽媽安慰姆米爸爸：「你的手杖一定是太老舊了，這種事情誰預料得到？我相信那兩個孩子很快就會找到回家的路，我相信他們一定可以！」

「假如他們沒有被吃掉的話，當然可以找到

回家的路。」米妮說：「如果螞蟻沒有咬他們，讓他們的身體腫得比橘子還大。」

「妳去別的地方玩，否則不讓妳吃甜點。」米寶姊姊說。

米沙換上了黑色衣物，獨自坐在角落裡嚎啕大哭。

「妳真的這麼傷心嗎？」霍姆伯深表同情的問米沙。

「不是的，只有一點點難過。」米沙回答：「但是因為有太多事情值得痛哭一場，所以只要一有恰當的理由，我就會趁機大哭。」

「原來如此。」霍姆伯回答，但其實他心裡不太明白。

他試著找出意外發生的原因。他仔細檢查食物儲藏室圓頂上的小洞和客廳地板的每一吋，最後唯一的發現是地毯下有一扇小門，門板下方就是屋外黑漆漆的洪水。霍姆伯對這扇小門非常感興趣。

「或許是用來傾倒灰塵或垃圾的洞口。」霍姆伯推測：「或者，如果不是用來監禁敵人的密室，就是通往游泳池的入口。」

但其他人對小門一點興趣也沒有，只有米妮獨自趴在門板旁，注視著房屋底下的湍急洪水。「我想這應該是用來監禁敵人的密室。」米妮表示：「這扇門非常有用，可以對付大惡棍與小壞蛋！」

米妮就這樣趴在門邊看了一整天，想看看底下有沒有關著壞人，可惜什麼也沒看見。

＊

後來沒有任何人指責霍姆伯。

事情就發生在晚餐前。

艾瑪一整天都沒有露面，甚至連晚餐時間也不現身。

「或許她生病了。」姆米媽媽說。

「她才不可能生病呢！」米寶姊姊說：

「她一定是因為偷走了足夠的糖，可以好好的過日子了。」

「親愛的，能不能請妳去確認一下艾瑪是否安然無恙呢？」姆米媽媽疲倦的說。

米寶姊姊走到艾瑪平時藏身的角落說：「姆米媽媽要我過來問妳，妳是不是因為吃了太多糖而胃痛？」

艾瑪氣得鬍鬚都翹了起來，但還沒找到合適的話語回嘴，整間房子便發出劇烈搖晃，隨即危險的傾斜了。

霍姆伯失去平衡，一股腦兒跌坐到地板上成堆的陶瓷餐具。許多幅懸掛在天花板上的風景畫掉了下來，蓋住了整個客廳。

「這間房子肯定是擱淺了！」姆米爸爸在天鵝絨簾幕下大喊，聲音有些被悶住了。

「米妮！」米寶姊姊大叫：「小妹，妳在哪裡？」

就算這次米妮想要回答米寶姊姊，也無能為力了。她已經從地板上的小門跌入屋子下方的黝黑洪水中。

突然一陣可怕的笑聲在客廳裡迴盪。那是艾瑪刻薄的笑聲。

「哈哈哈！」她大笑道：「這下子你們知道了吧！這個教訓就是要讓你們記住，不要隨便在劇場裡吹口哨！」

第六章

向公園管理員報復

假如米妮的體型再大一點，她可能就會淹死了。但是此刻她就像泡泡一樣，輕盈的漂浮在水面上，一會兒被捲入水中，一會兒又探出頭來。她就像個軟木塞載浮載沉，讓水流迅速帶走。

「這真是太好玩了！」米妮開心的自言自語：「姊姊一定無法想像這種樂趣！」她四處張望，發現姆米媽媽的蛋糕烤盤和針線籃在距離她不遠的地方漂浮著。猶豫了一會兒後，她想起烤盤上還剩下一些蛋糕，於是選擇了針線籃，想辦法爬進籃子裡。

她享受了一長段愉快的探索時光，研究了所有東西，還剪斷了好幾綑毛線球。最後，米妮才蜷縮著身子，在柔軟的安哥拉毛線堆裡安然進入夢鄉。

針線籃繼續隨波漂流。房子擱淺在某個小灣的淺灘上，現在針線籃也正朝著岸邊的方向漂去。針線籃穿越過一片蘆葦，最後停在沼澤邊。但米妮並沒有醒來，她向來睡得很沉。突然一個釣魚鉤飛了過來，勾住了針線籃。米妮還是沒醒來。釣魚線拉緊後，針線籃猛然一晃，就被緩緩拉向岸邊。

各位讀者，接下來有一件令人意外的事情發生了，「機運」與「巧合」都是非常奇妙的東西。在彼此毫不知情的情況下，姆米一家和司那夫金竟然都在仲夏之夜來到這個小灣。此刻站在河邊的人，就是頭戴綠色舊帽子的司那夫金，他看著自己釣到的針線籃。

「我敢用我的帽子打賭，這個孩子一定是米寶家的小朋友。」司那夫金說著，拿下叼在嘴裡的菸斗，再用釣魚鉤輕輕碰觸米妮，溫柔的說：「別害怕！」

「我連大螞蟻都不怕。」米妮坐起身子回答。

他們注視著彼此。

上次他們見面的時候，米妮還很小，小到幾乎讓人看不見，因此他們現在認不出對方，一點都不奇怪。

「嗯，很好，小朋友。」司那夫金說。他伸手搔搔自己的頭。

「告訴你，我的本事還不只如此呢！」米妮說。

司那夫金嘆了一口氣。他在這裡有重要的事情要辦，希望能在回姆米谷過夏天之前，可以多獨處幾天，沒想到竟然有某個米寶家族的人粗心大意，把自己的孩子放在針線籃裡，任它在海上漂流。就只是為了好玩而已。

「妳媽媽呢？」他問。

「我媽媽被吃掉了。」米妮隨意胡扯：「你有沒有什麼食物？」

司那夫金用他的菸斗指向不遠處，一個裝著豆子的水壺正在營火上煮著，旁邊還有一壺熱騰騰的咖啡。

「但是我猜妳大概只能喝牛奶吧？」司那夫金說。

米妮以一種輕蔑的笑容回應司那夫金，只見她不到一眨眼的工夫，就吞下了滿滿兩湯匙的咖啡，還吃掉了四顆豆子。

司那夫金小心翼翼的舀水熄滅營火，才問米妮說：「怎麼樣？」

「現在我想要再多睡一會兒。」米妮表示：「而且我喜歡在別人的口袋裡睡覺。」

「好吧。」司那夫金把米妮放進自己的口袋裡：「人生最重要的，就是知道自己真正想要些什麼。」他把安哥拉毛線塞進口袋蓋著她。

司那夫金繼續穿越那片位於海邊的草原。

大洪水並未對小灣造成任何影響，因此這裡依然保有往日的夏日風情。對於火山爆發一事，司那夫金完全不知情，雖然他覺得紅色的夕陽最近變得異常美麗，也發現空氣中有些隨風飄散的火山灰。司那夫金當然不知道他住在姆米谷的朋友遭遇了什麼變故，還以為此刻大夥兒正聚集在姆米家的陽台上，像往常一樣靜靜慶祝仲夏。

他偶爾也會想起姆米托魯。他知道姆米托魯可能正等著他返回姆米谷。然而，他得先解決他與公園管理員之間的恩怨，而且這筆舊帳非得在仲夏之夜了結才行。

到了明天，那些恩怨就將煙消雲散。

司那夫金拿出他的口琴，吹奏起一首他和姆米托魯都很喜愛的老歌，歌名是〈所有的小動物都應該在尾巴上繫著蝴蝶結〉。

米妮立刻醒了過來，從口袋裡探出頭。

「我聽過這首歌！」米妮大聲說道，隨即用她細小且高亢的嗓音開始吟唱：

TOVE

所有的小動物都應該在尾巴上繫著蝴蝶結，
因為亨姆廉家族即將關閉監獄。
霍姆伯將為了月亮與歡樂而翩翩起舞，
小米沙，請別再哭泣，和大家一起狂歡吧！
看看那些美麗的鬱金香，它們在早晨明亮的光線下閃耀著
顯得多麼快樂、多麼開朗！
至於有如天堂一般寧靜美好的夜晚
將會慢慢的慢慢的消失，就像回聲一樣！

「妳是從哪裡聽來的？」司那夫金驚訝的問米妮：「妳幾乎全都唱對了！妳真是一個奇妙的孩子！」

「老兄，你說得完全正確，」米妮回答：「順便告訴你，我還有一個祕密！」

「祕密？」

「沒錯，一個祕密。這個祕密是關於一場其實不是暴風雨的暴風雨，以及一間會旋轉的客廳。不過，我只能告訴你這麼多！」

「我也有一個祕密。」司那夫金說：「我的祕密就在我的背包裡，等會兒就可以讓妳看看，因為我要和一個壞蛋算一筆舊帳！」

「是大壞蛋還是小壞蛋？」米妮追問。

「他是個小壞蛋。」司那夫金回答。

「這樣很好。」米妮說：「小壞蛋比起大壞蛋要好得多，我們可以輕而易舉的搞定他！」

她再度鑽回安哥拉毛線中，司那夫金也繼續往目的地前進。最後，司那夫金來到一道長長的圍籬前方。那道圍籬上每隔一段距離就掛著一面警告標語：

絕對不准進入

當然，公園管理員和女管理員一起住在公園裡，他們將公園裡每棵樹的枝葉都修剪成圓形或四方形，並且把公園裡的碎石子路鋪得像筆直的教鞭。只要有草葉膽敢冒出頭，馬上就會被修剪掉，只得從頭開始努力生長。

公園的草坪四周都有圍籬，圍籬上掛著警告標語，以大大的黑字寫著各種禁止事項。

每天都有二十四個順服的小孩來到這座可怕的公園。這些孩子基於某個原因遭遺棄或走失。他們是長滿毛的伍迪家小孩，被規定只能在沙池裡玩耍，但其實他們一點都不喜歡沙池，也不喜歡這座公園。他們真正想做的，是自由自在的爬樹、倒立、在草地上奔跑……

公園管理員和女管理員都不明白這點，他們坐在沙池的兩側，監視著那些孩子。那些孩子還能做什麼呢？

司那夫金和他口袋裡的米妮來到公園。司那夫金躡手躡腳的在圍籬外徘徊，窺視著他的宿敵：公園管理員。

「你準備如何對付他？」米妮問司那夫金：「吊起來？煮一煮？做成填充烤鴨？」

「我打算嚇唬他！」司那夫金回答時，嘴裡還咬著菸斗，「在這個世界上，我真正討厭的人只有一個，就是這個公園管理員。我打算拆掉他那些警告標語！」

司那夫金在他的背包裡翻找了半天，最後終於拿出一個大大的紙袋，袋子裡裝滿了外表光滑的白色種子。

「那是什麼？」米妮問。

「溜溜的種子。」司那夫金回答。

「啊？」米妮驚訝的說：「溜溜是種子變成的嗎？」

「沒錯，」司那夫金說：「不過，重點是這些種子必須在仲夏之夜播種才行。」

司那夫金開始在圍籬之間的草地上撒下大把大把的種子。他靜悄悄的繞著公園走了一整圈，把溜溜的種子撒在每個地方，但小心的將種子分散開來，以免溜溜冒出來的時候纏住彼此的爪子。司那夫金撒完一整袋的種子後，就坐下來抽起菸斗，等待溜溜長出來。

太陽已經西沉，但是夏天的夜晚還是相當溫暖，溜溜馬上就開始長大，一個緊接著一個從修剪整齊的草地上冒出來。一顆顆圓圓小小的頭，看起來就像是白色的野菇。

「妳看，」司那夫金說：「再過一會兒，溜溜的眼睛就會長出來了。」

司那夫金說得沒錯。片刻之後，溜溜的白色頭骨下方開始長出圓圓的雙眼。

「溜溜剛出生的時候，身上的電流特別強烈。」司那夫金解釋：「妳快看，溜溜的手現在也長出來囉！」

空氣裡充斥著溜溜冒出來時發出的微弱沙沙聲。公園管理員沒有注意到任何不尋常的事情，因為他正忙著監督那些伍迪孩子。事實上，公園管理員身邊的草地早已冒出上百個溜溜。他們的腳還埋在土裡，但是將完全破土而出，踏出他們的第一步。公園裡飄散著硫磺和燃燒橡膠的臭味。女管理員用鼻子嗅了嗅。

Tove

「那是什麼味道？」她說：「孩子們，你們有人也聞到了嗎？」

此時，他們終於注意到地上出現輕微的電擊。

公園管理員開始不安的移動雙腳，他制服上閃閃發亮的金屬鈕釦也閃現小小的藍色火花。

女管理員突然大叫一聲，驚慌的跳到自己的椅子上，顫抖的手指指向草地。

溜溜已經發育成正常的大小，他們受到公園管理員制服上導電的金屬鈕釦吸引，從四面八方聚集而來。空氣中不斷出現細細的閃電微光，公園管理員的鈕釦也冒出劈啪劈啪的火花。突然間，公園管理員的耳朵竟然著火了，他的頭髮也隨即蹦出火星、開始燃燒，就連鼻尖也閃閃發亮！轉眼之間，公園管理員從頭到腳都綻放出光芒。他整個人就像是一輪明亮的滿月，驚惶失措的往公園大門逃去，身後緊跟著一大群溜溜。

女管理員也害怕得翻越圍籬逃走，公園裡只留下一臉錯愕的孩子，安靜不語的坐在沙池裡。

「你這招太厲害了！」米妮欽佩的對司那夫金說。

「還可以。」司那夫金回答，順手將帽子往後推，「現在我要拆下所有的警告標語，每根小草都應該無拘無束的自由生長！」

司那夫金終其一生，想要毀掉那些禁止他做自己喜歡的事的警告標語，現在他不禁興奮、期待得全身顫抖。他首先拆除了：

禁止吸菸

然後又拆掉了：

禁止坐在草地上

接著他拆下：

禁止談笑和吹口哨

下一分鐘他拆除了：

禁止隨意蹦蹦跳跳

伍迪家的小孩望著司那夫金，表情越來越吃驚。

他們這時才逐漸明白，司那夫金是來拯救他們脫離苦海的。他們離開沙池，聚集在司那夫金的身旁。

「孩子們，回家去吧！」司那夫金說：「想去哪裡就去哪裡！」

但是他們沒有離開，而是緊緊跟隨著司那夫金。他把最終一塊警告標語丟在地上之後，便揹起背包，但那些孩子還是緊緊跟著他。

「喂！小朋友！」司那夫金說：「回去找你們的媽媽吧！」

「或許他們沒有媽媽吧？」米妮說。

「我不習慣和小孩子相處！」司那夫金這時開始有點害怕，「我甚至不知道自己喜不喜歡他們！」

「可是他們好像都很喜歡你。」米妮笑著回答。

司那夫金低頭看著這群靜靜圍繞在他腳邊的孩子。

「唉，一個還不夠嗎？」司那夫金嘆了一口氣，「好吧，你們就跟著我一起來吧！但如果出了什麼差錯，可千萬不要怪我！」

於是司那夫金帶領著二十四個表情嚴

肅的小孩，浩浩蕩蕩的走過草原，往前方邁進。但其實司那夫金的心裡相當不安，他擔心要怎麼應付孩子肚子餓、覺得害怕，或肚子痛的狀況。

第七章

危險的仲夏之夜

仲夏之夜，十點半，司那夫金正忙著用雲杉的枝葉替二十四個孩子搭建小屋，姆米托魯與司諾克小姐則是在森林的另一端傾聽。

神祕的霧中鈴聲再度停止，整座森林像陷入沉睡般安靜無聲。林間空地上，小屋漆黑又空洞的玻璃窗哀傷的注視著他們。

事實上，屋裡坐著一位菲力強克家族的女性，靜靜聆聽著時鐘的滴答聲，任憑時光流逝。她不時走到窗戶旁邊，望著明朗的六月星空。每當她走動時，帽子上的小鈴鐺就會發出叮叮噹噹的鈴聲。清脆悅耳的鈴聲通常可以讓她的心情舒坦一些，於是她才把小鈴鐺縫在帽子上，但是今晚的鈴鐺聲反而加深她的哀傷。她輕嘆一聲，走來走去，才坐回椅子又馬上起身，整個人心神不寧。

餐桌上擺放著三個盤子、三個杯子，還有一碗花。爐子上的煎餅因烘烤過久而變得焦黑。

菲力強克小姐看看時鐘，又望向掛在門上的花環，然後盯著自己在窗玻璃上的倒影。她傷心的把頭埋進雙臂，趴在桌上哭了起來。她的帽子往前滑落，小鈴鐺發出沉重又悲傷的聲響，她的淚珠緩緩滑落在空蕩蕩的盤子上。

身為菲力強克家族的一員，並不總是輕鬆的。

這時突然傳來一陣敲門聲。

菲力強克小姐驚訝的跳了起來，迅速擦去淚水，打開大門。

「噢！」她失望的說。

「仲夏夜快樂！」司諾克小姐說。

「謝謝，也祝你們仲夏夜快樂。」菲力強克小姐有點困惑，「你們真好心，竟然特別來向我問安。」

「呃，其實我們只是想要打聽一下，不知道妳在這附近有沒有看過一棟新房子？我的意思是，一間劇場？」姆米托魯表示。

「劇場？」菲力強克小姐懷疑的複述：「沒有，正好相反。我是說，沒有看過。」

一陣沉默。

「既然如此，我們就不打擾妳了。」姆米托魯表示：「不過，還是非常感謝妳。」

司諾克小姐注意到桌上擺了三套餐具，門上也掛著花環，於是便親切的補上一句：「祝妳有個愉快的派對。」

一聽見這句話，菲力強克小姐的臉就皺成一團，立刻開始哭泣。

「這裡不會有什麼派對！」她嗚咽的說著：「煎餅烤焦了，花朵也枯萎了，只剩下時鐘孤單的走著，根本沒有人來。我想他們今年也不會來了！他們根本不在乎所謂的親情！」

「到底是誰沒來？」姆米托魯同情的問道。

「我的叔叔和嬸嬸！」菲力強克小姐忍不住哭喊著：「我每年都寄邀請函，希望他們仲夏之夜能來我家作客，但是他們從來都沒有出現過。」

「妳為什麼不邀請其他人呢？」姆米托魯

說。

「我沒有其他的親人。」菲力強克小姐解釋：「人們慶祝特別的節日時，不是應該邀請親人一起共進晚餐嗎？」

「聽起來妳好像並不喜歡這麼做，是嗎？」司諾克小姐問。

「我當然不喜歡。」菲力強克小姐略顯疲憊的回答，她坐回到餐桌旁，「我的叔叔和嬸嬸都不是好相處的人！」

姆米托魯和司諾克小姐也在菲力強克小姐身旁坐下。

「或許他們也不喜歡受到邀請吧？」司諾克小姐推測：「妳為什麼不邀請我們這些好相處的人一起共進晚餐呢？」

「妳說什麼？」菲力強克小姐有點驚訝。

她顯然正在努力思考這番話。突然間，她的帽子微微揚起，帽子上的小鈴鐺因此發出了輕快悅耳的鈴聲。

「事實上，」她緩緩的說：「如果他們都不想要一起共進晚餐，我根本不需要邀請他們過來！」

「對啊，根本沒必要！」司諾克小姐深表贊同。

「因此，如果我只邀請自己喜歡的人，即使這些人不是我的親戚，也不會有任何人感到不高興囉？」

「當然囉！」姆米托魯向她保證。

菲力強克小姐釋懷了，整個人眉開眼笑。「原來事情可以這麼簡單？」她大喊：「哇！我真的鬆了一口氣！我們現在可以一起慶祝我第一個開開心心的仲夏之夜了！我們應該如何慶祝才好呢？拜託，拜託，我們一定要玩些刺激有趣的活動！」

＊

結果，這個仲夏之夜的刺激程度，遠遠超出了菲力強克小姐的想像。

「這一杯敬姆米爸爸和姆米媽媽！」姆米托魯舉起酒杯，一口氣喝光杯子裡的酒。（這個時候，姆米爸爸正坐在劇場外，為了姆米托魯的平安而對著夜色舉杯。

「願姆米托魯一切平安，並且快快樂樂的重返家園！」姆米爸爸肅穆的默禱。接著他又將酒杯高高舉起，說：「也祝福司諾克小姐和米妮！」）

大家都心滿意足，心情愉悅。

「現在該是點燃仲夏營火的時候了！」菲力強克小姐宣布。她吹熄油燈，將火柴放進自己的口袋。

屋外的天色依舊明亮，地上的每株小草都還清晰可見。太陽早就躲到高聳的雲杉後方休息，天邊的一抹紅霞等待著嶄新的一天。

他們一同穿越寧靜的森林，來到位於海邊的草原。這裡的天色看起來格外晴朗。

「今天晚上的花香好像有點奇怪。」菲力強克小姐注意到了。

不僅草原上飄著一種淡淡的橡膠焦臭味，當他們走過草地時，小草也發出劈啪劈啪的電流聲。

「這是溜溜的味道！」姆米托魯吃驚的說：「我還以為每年這個時候，他們都到海上去了！」

司諾克小姐不小心被某個東西絆了一下。「這塊板子上寫著：『禁止在草地上奔跑』！」司諾克小姐說：「你們看！這裡有好多被人丟棄的警告標語！」

「這真是太棒了！什麼事都可以做了！」菲力強克小姐開心的說：「今晚真是太神奇了！我們就用這些警告標語來架營火吧！我們可以在營火旁盡情狂舞，一直跳到營火燒成灰燼！」

*

他們的仲夏營火閃閃燃燒。在劈哩啪啦的燃燒聲中，營火吞噬了各種警告標語，包括「禁止唱歌」、「禁止觸摸花朵」、「禁止任意坐在草地上」等等。熊熊的火焰不停的往上竄升，直逼夜色蒼白的天空，濃濃的白煙朝著草原滾滾而去，飄浮在夜空中，有如白色的羊毛簾幕。

菲力強克小姐唱起歌來。她細瘦的雙腳繞著營火盡情舞動，還不時撥動營火餘燼。

「我不會再邀請叔叔了！也不會再邀請嬸嬸了！」菲力強克小姐哼唱著：「我絕對不會再邀請他們來我家了！我不要，我不願，我絕對不會！」

姆米托魯和司諾克小姐並肩坐著，心滿意足的望著營火。

「你覺得我媽現在在做什麼？」姆米

托魯問。

「當然是在慶祝囉！」司諾克小姐回答。

堆得高高的警告標語在火光中應聲倒塌。菲力強克小姐大聲歡呼。

「我開始覺得有點睏了，」姆米托魯說：「妳之前說要摘九種不同的花，對不對？」

「對，九種。」司諾克小姐說：「而且到天亮之前，都不可以開口說話。」

姆米托魯嚴肅的點點頭，他以各種手勢向司諾克小姐表達「祝妳晚安，明天早上見」後，拖著腳步走向露水沾濕的草原。

「我也想要摘一些花！」身上被營火的黑煙燻髒的菲力強克小姐，這時也開心的飛快奔來，「我最喜歡玩帶點魔幻的遊戲了！妳還知道哪些有趣的把戲？」

「我知道有一種仲夏之夜的魔法非常、非常可怕！」司諾克小姐壓低了聲音說：「簡直就是難以形容的可怕！」

「今天晚上我什麼都不怕！」菲力強克小姐毫不在意。她帽子上的小鈴鐺也發出輕快悅耳的鈴聲。

司諾克小姐先打量了一下四周，才將嘴巴貼近菲力強克小姐伸長的耳朵，小聲的說：「首先，妳必須轉七個圈，嘴裡輕聲念出咒語，雙腳用力跺地，接著再倒退走到水井旁邊，轉身，低頭看向井面。這時妳就可以在井水裡看見妳將來的結婚對象。」

「但是，要怎麼把那個人從水井裡拉上來呢？」菲力強克小姐興奮的追問。

「噢，不不不，妳可以看見他的臉。」司諾克小姐解釋：「那只是一個影像，不是真人！不過，我們得先去摘九種不同的花。一、二、三。現在開始，如果妳再開口說話，這輩子就永遠無法結婚囉！」

*

清晨的微風緩緩吹拂過草原，營火餘燼也隨之慢慢熄滅。司諾克小姐與菲力強克小姐忙著摘取九種花朵，集結成花束。她們不時看向彼此，相視而笑，反正沒有規定不可以笑。

然後她們來到水井附近。
菲力強克小姐緊張得擺動耳朵。
司諾克小姐點點頭，她也有點臉色發白。
她們開始低聲念起咒語，一邊雙腳跺地，一邊開始旋轉。轉到第七圈的時候，她們都不自覺的放慢了速度，因為她們心裡非常害怕。然而，一旦開始施展仲夏之夜的魔法，就必須貫徹始終。假如中途放棄的話，可能會發生難以預料的結果。
她們的心跳不斷加速，倒退走到水井旁，才停下腳步。
司諾克小姐緊緊握著菲力強克小姐的手。
朝陽的晨光從東邊的天際慢慢擴散，將營火的輕煙映照成美麗的粉紅色。
她們同時轉過身，往井裡面望去。
井水清楚反映著她們兩人的身影，還有水井的邊緣以及泛紅的天空。
她們等待著，甚至還微微顫抖。好漫長啊！
這實在是太恐怖了！突然間，她們看見大大的頭出現在她們的水中倒影旁。

那是一個亨姆廉的頭。

一個戴著警察帽的亨姆廉，表情憤怒，長相醜陋。

正當姆米托魯摘起他的第九種花朵時，突然聽見可怕的叫囂聲。他轉身一看，發現一名碩大的亨姆廉正一手抓著司諾克小姐，另一手抓著菲力強克小姐，粗暴的搖晃著她們。

「你也給我過來！」亨姆廉咆哮著：「你們這三個縱火狂！你們敢說這不是你們做的？你們拆除了所有的警告標語，還燒得一乾二淨！你們敢說這不是你們做的？」

他們此刻當然都無法辯駁，因為他們已經發過誓，一句話都不能說。

第八章

如何撰寫劇本

想像一下，如果姆米媽媽在仲夏之日醒來時，得知姆米托魯被關進監獄了，她會有什麼反應呢？如果有人能告訴米寶姊姊，她的妹妹在司那夫金的雲杉小屋裡，安穩的睡在安哥拉毛線堆中，她又會有什麼樣的反應？

大夥兒現在毫不知情，但都滿懷希望。比起他們認識的其他家族，姆米一家人不也曾經歷過更離奇的事件，到最後都能平安無事嗎？

「米妮已經相當習慣自己照顧自己。」米寶姊姊說：「我反而還替那些不小心遇上她的人擔心。」

姆米媽媽望著屋外，外頭正在下雨。

「希望他們不要感冒了。」她從床上小心翼翼的坐起身子，心中想著。姆米媽媽的動作之所以如此謹慎，是因為自從這棟房子擱淺之後，屋身就嚴重歪斜，姆米爸爸認為最好用鐵釘固定住所有的家具。用餐時也很麻煩，碗盤會不停滑落到地板上，但如果用鐵釘來固定碗盤，只會弄碎。多數時候，姆米一家人覺得自己彷彿變成了登山客，因為他們走動時得維持讓一隻腳高於另外一隻腳。姆米爸爸開始擔心他們的雙腳將會變得長短不一。然而霍姆伯卻有不同的看法，他認為只要往不同方向行走，左右腳交替使用，就不會發生這種問題。

艾瑪依然如往常般打掃。她在地板上吃力的往上攀爬，將掃把往前推。但是掃到一半後，所有灰塵又會滾回來，害她又得重來。

「從另一邊掃過來不是比較實際嗎？」姆米媽媽提出有幫助的建議。

「我不需要別人教我怎麼打掃。」艾瑪回答：「自從我嫁給菲力強克先生之後，我就從這個方向掃地，到死為止，我都要繼續從這個方向掃地。」

「請問菲力強克先生在哪裡？」姆米媽媽問。

「他已經死了。」艾瑪態度莊嚴的說：「有一天，鐵製的簾幕掉了下來，打在他的頭上。鐵製簾幕摔壞了，菲力強克先生也死了。」

「天啊！艾瑪，妳真是太可憐了。」姆米媽媽喊道。

艾瑪從口袋裡拿出一張泛黃的照片。

「這是菲力強克先生年輕時的模樣。」她說。

姆米媽媽看看那張照片。擔任舞台經理的菲力強克先生坐在一幅畫著棕櫚樹的圖畫前方，臉上的鬍鬚相當搶眼。他身旁站著一位滿臉愁容的年輕女子，她頭上戴著一頂小小的帽子。

「菲力強克先生真是時髦的紳士啊！」姆米媽媽說：「而且我看過他身後的那一幅畫作喔！」

「那是克麗奧佩特拉的背景布幕。」艾瑪冷冷的表示。

「妳說的克麗奧佩特拉，就是這位年輕的小姐嗎？」姆米媽媽問。

艾瑪忍不住抱住頭。「克麗奧佩特拉是一齣戲的名稱！」她沒好氣的說：「至於菲力強克先生身旁的年輕女子，是他那個裝模作樣的姪女。最討人厭的姪女！她每年仲夏都會寄邀請函給我們，但是我很謹慎，從來不回覆。我敢肯定她只是想要進劇場。」

「妳為什麼不直接邀請她來呢？」姆米媽媽以略帶責備的語氣質問艾瑪。

艾瑪把掃帚甩到一旁。

「我受夠了！」艾瑪大聲的說：「你們根本不懂劇場，一點都不懂！你們根本比無知還要無知，就是這樣！」

「如果艾瑪願意好心的跟我們解釋，那就好啦！」姆米媽媽不好意思的說。

艾瑪猶豫了一會兒，最後才決定當一次好人。

她坐到姆米媽媽身旁，開始說明：「這是一間劇場，既不是客廳，也不是船屋。劇場是世界上最重要的建築之一。在劇場裡面，人們可以看見自己能擁有什麼樣的人生，以及自己有什麼樣的選擇，只要他們有勇氣逐夢。他們還能在劇場看清真正的自己。」

「所以劇場就是感化院！」姆米媽媽驚呼。

艾瑪耐著性子搖搖頭。她拿出一張紙，以顫抖的手為姆米媽媽畫出一張劇場的平面圖。艾瑪不僅詳細解釋各項細節，還在紙上寫下說明文字，以免姆米媽媽忘記（這張說明圖就在本章某處）。

當艾瑪坐下來畫圖時，其他人全都圍過來。

「我告訴你們，我們演出克麗奧佩特拉時，」艾瑪說：「全院客滿……我等會兒再解釋客滿的意思，觀眾都安靜不語，因為當晚是首演之夜。我一如往常，在夕陽西下之後打開舞台的腳燈，並且在簾幕升起之前，用掃帚柄在地板上用力敲三次。就像這樣！」

「為什麼？」米寶姊姊問。

「為了增加戲劇效果啊！」艾瑪回答，她的小眼睛閃耀著光芒，「這是『命運之擊』，你們沒聽說過嗎？好，簾幕升起之後，紅色的聚光燈打在克麗奧佩特拉的身上……」

「聚光燈打她？她還好嗎？」姆米媽媽問。

「紅色聚光燈打在她身上，意思是照在她身上。」艾瑪努力耐著性子解釋：「全場觀眾都屏住呼吸……」

「舞台道具先生也在場嗎？」霍姆伯問。

「你似乎誤會了，舞台道具並不是一個人。」艾瑪靜靜的說明：「『舞台道具』是指戲劇演出時所需要的各種道具……好，我們的女主角非常漂亮，她是一位黑髮美女……」

「女主角？」米沙打斷艾瑪的話。

「是的，女主角就是女演員當中最重要的一位。她扮演的角色是最好的，而且通常可以予取予求。但是，她必須美麗又優雅……」

「我想當女主角！」米沙說：「但是我想演可憐的角色，我想要不斷的哀嚎、哭喊、啜泣。」

「妳可以演悲劇，一齣真正的悲劇。」艾瑪說：「到了最後一幕時，妳必須死去。」

「太棒了！」米沙大喊，她的雙頰灼熱，「扮演截然不同的人！再也沒有人會說：『你們看，她就是那個老米沙！』他們會改口說：『你們看，那個身穿紅絲絨禮服的蒼白女士……大家都知道，偉大的女演員……她一定受了很多苦。』」

「妳願意為我們演一齣戲嗎？」霍姆伯問。

「我？演戲？演給你們看？」米沙的眼眶湧上淚水，輕聲問道。

「我也要當女主角！」米寶姊姊說。

「你們打算演哪一齣戲？」艾瑪面露懷疑的問。

姆米媽媽看著姆米爸爸。「我想，如果艾瑪能幫你，你可以寫出一個劇本。」姆米媽媽說：「你寫過你的回憶錄，加一點韻腳應該不是難事吧？」

「老天爺啊，我不可能寫得出劇本！」姆米爸爸脹紅了臉回應。

「親愛的，你當然寫得出來。」姆米媽媽說：「我們每一個人都會記牢台詞，我們表演時，所有人都會來觀賞。會有很多人，而且一次比一次多，他們會告訴朋友這齣戲，說這齣戲有多棒。最後，姆米托魯也會聽說這件事，進而找到路回到我們身邊。所有人都會重返家園，一切都會非常美好。」姆米媽媽說完後還拍拍手。

其他人懷疑的看著彼此，然後看了艾瑪一眼。

艾瑪兩手一攤，聳聳

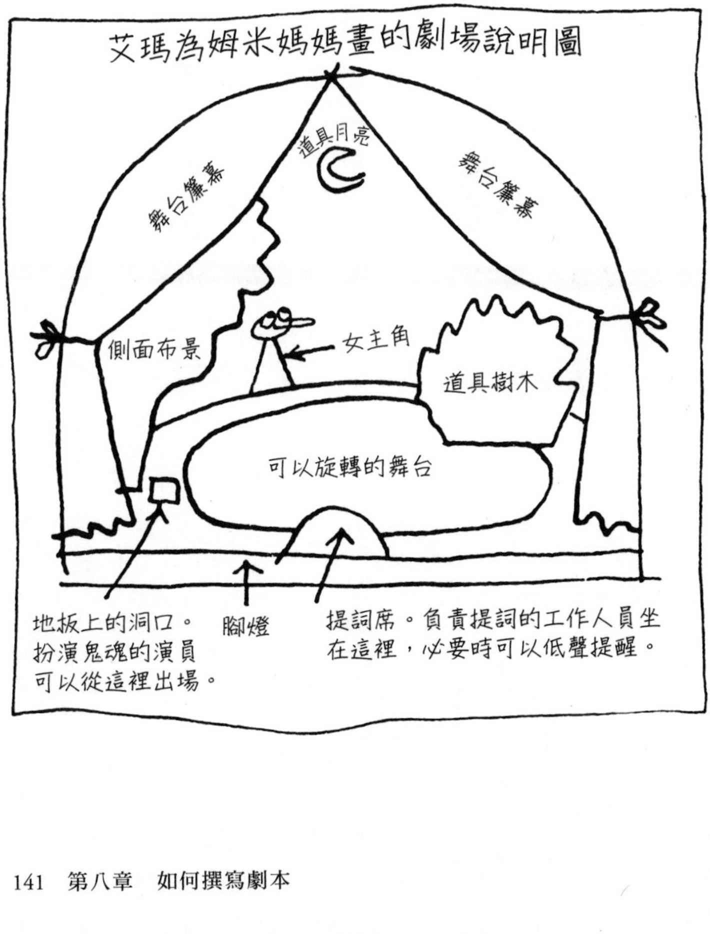

肩。「雖然我能預期這會是一場大災難，但如果你們這麼想在舞台上被『喝倒采』——這是我們在舞台上的用語。好吧，我可以提供你們一些演戲方面的建議，但是必須等我有空才行。」

艾瑪又坐了下來，開始告訴大家更多關於劇場的種種。

＊

當天晚上，姆米爸爸就完成了他的劇本，並且朗讀給大家聽。沒有任何人打岔。等到他朗讀完畢後，現場一片沉默。

最後，艾瑪說：「不，不行。這個劇本絕對行不通！」

「這麼糟糕啊？」姆米爸爸失望的問。

「豈止糟糕，簡直是非常糟糕！」艾瑪說：「你聽聽這段：

我不怕獅子！

無論是凶猛的獅子，或是害羞的獅子！

簡直糟糕透頂！」

「我就是想要在這齣戲裡安排一隻獅子。」姆米爸爸酸溜溜的說。

「你必須重新寫過，而且要以無韻詩的方式來寫！無韻詩！戲劇的台詞不可以押韻！」艾瑪說。

「無韻詩是什麼意思？」姆米爸爸問。

「應該要像這樣：滴─答，滴─恩─恩─滴─答─恩─恩。」艾瑪解釋：「你不可以表現得太自然。」

姆米爸爸恍然大悟。「妳的意思是不是這樣？『在森林之王面前，我一點也不害怕！不管牠凶不凶猛，我都一點也不害怕。』」他問。

「嗯！這樣聽起來還差不多！」艾瑪說：「現在你重新用無韻詩寫過吧。對了，提醒你一點：以前那些出色的悲劇，劇中的人物大都有親戚關係。」

「但如果他們都來自同一個家庭，怎麼可能會彼此仇視呢？」姆米媽媽好奇的問：「而且，這齣戲裡沒有公主的角色嗎？你可以寫個開心的結局嗎？如果有人死掉的話，實在是太悲慘了。」

「親愛的，這是一齣悲劇。」姆米爸爸說：「最後必須有人死掉。更好的情況是除了其中一個角色之外，其他人都死掉，或許連那個角色都死掉也好。這是艾瑪說的。」

「拜託！最後讓我死掉吧！」米沙說。

「我可不可以扮演殺死米沙的人？」米寶姊姊問。

「我還以為姆米爸爸會寫推理劇呢！」霍姆伯失望的說：「一齣充滿嫌疑犯與可怕線索的推理劇。」

姆米爸爸生氣的站起身來，收拾起他的稿子，強調的說：「如果你們都不喜歡我寫的劇本，請你們自己去寫一個更棒的劇本吧！」

「親愛的，我們都覺得你的劇本很棒，」姆米媽媽說：「各位，你們說是不是？」

「當然。」大家說。

「你聽見了嗎？大家都喜歡你的劇本。」姆米媽媽說：「你只要稍微修改一下文體形式與故事情節，這個劇本就會更完美了。等會兒你修改稿子的時候，我保證不讓別人打擾你。你還可以把整碗糖果擺在身邊。」

「嗯，好吧！」姆米爸爸回答：「但是劇本裡面一定要有獅子！」

「當然，劇本裡一定要有獅子。」姆米媽媽說。

姆米爸爸努力的改寫劇本。大夥兒都不說話，也不隨意走動。姆米爸爸一寫滿一張紙，就會立刻朗讀

給大家聽，每個人都一致鼓掌。姆米媽媽不時在碗裡添加糖果。所有人都既興奮又期待。

當天晚上，大夥兒都亢奮得難以入睡。

艾瑪覺得自己老邁的雙腿又恢復了活力。現在她滿腦子只想著正式彩排的事。

第九章

不快樂的老爸

姆米爸爸忙著改寫劇本、姆米托魯被關進監牢的那天早晨，窩在雲杉小屋裡的司那夫金被打在屋頂上的雨滴聲吵醒。他小心翼翼的望向那座濕漉漉的森林，不想驚醒那二十四個孩子。

窗外有一片白色花海，有如閃閃發亮的滿天星斗，點綴著綠色草原。他心中卻苦澀的希望這若全是蘿蔔田就好了。

「這大概是父親才會有的念頭吧，」他想：「我今天要拿什麼東西餵飽他們呢？雖然米妮吃不了多少豆子，但那些孩子過不了多久就會吃光我的存糧了。」

他轉頭望向那群躺在青苔上熟睡的孩子。

「我想，現在他們可能會因為淋雨而感冒。」他陰鬱的喃喃自語：「但這還不是最糟糕的。我根本想不出新點子逗他們開心。他們不抽菸。我的故事會嚇壞他們。我也不能整天表演倒立，否則我大概得拖延到夏天結束才能重回姆米谷了。要是能回到姆米谷，讓姆米媽媽照顧這些孩子，那就真的是謝天謝地囉！」

「我真想念我的老朋友姆米托魯！」司那夫金突然懷念起往日的美好時光，「我們可以一起在月光下游泳，也能坐在山洞裡開心的聊天。」

此時某個孩子做了噩夢而開始嚎啕大哭，其他孩子起了共鳴，也醒來哭鬧。

「好，好，好。」他說：「不要哭了，不要哭了。乖，不哭不哭！」

但是一點效果都沒有。

「他們覺得你一點都不有趣。」米妮解釋：「你應該學學我老姊的做法，警告他們：如果他們再不閉嘴，就要狠狠揍他們一頓。然後，你再給他們糖果吃，請他們原諒你亂發脾氣。」

「那樣做有幫助嗎？」他問。

「沒有。」米妮說。

司那夫金從地上抬起雲杉小屋，丟進樹叢裡。

「房子睡過後，我們就這樣處理。」他說。

孩子們馬上安靜下來，在細雨中動動鼻子。

「現在正在下雨耶！」其中一個孩子說。

「我餓了！」另一個孩子說。
司那夫金無助的看著米妮。
「你可以用莫蘭的故事嚇他們！」米妮建議：「我老姊總是拿莫蘭來嚇唬我。」
「這種方法可以讓妳變成好女孩嗎？」司那夫金問。
「當然不行！」米妮說完之後便放聲大笑，笑到整個人往後摔倒。
司那夫金嘆了一口氣。「來吧！來吧！」他對那群孩子說：「起來，全都起來吧！動作快一點，我帶你們去看個東西。」
「什麼東西？」孩子們問。
「總之就是個東西……」司那夫金揮揮手，含糊的說。

他們往前走了好長的一段路。

雨仍舊下個不停。

孩子們一路打噴嚏，有人掉了鞋子，有人問為什麼他們沒有麵包和奶油可以吃，甚至還有幾個孩子開始打架。有個孩子在自己的鼻孔裡塞滿雲杉的針葉，還有一個孩子被豪豬刺傷。

司那夫金現在已經同情起那位公園女管理員了。司那夫金的帽子上趴著一個孩子，肩膀上坐了兩個，手臂下還挾著兩個。他被雨淋得渾身濕透，心情更是糟糕透頂，只能沿著藍莓樹叢踽踽而行。

就在這個悲慘至極的時刻，他們抵達一片林間空地。而空地的正中央還有一棟小屋，煙囪與門柱上纏著枯萎的花環。司那夫金拖著沉重的腳步走到小屋門前，輕敲門扉，等候回應。

沒人來開門。

他又敲了一次。還是沒人回應。於是他輕輕推開大門，逕自走進小屋。

沒人在家。餐桌上的花朵全都枯萎，時鐘也早已停擺。司那夫金放下孩子們，走到冰冷的爐子旁。爐子裡殘留著一絲鬆餅氣味。他接著尋找食物儲藏室。孩子們都靜靜的看著司那夫金走來走去。

大家擔心了一會兒之後，便看見司那夫金抱著一整桶豆子回來，放在餐桌上。「這裡有豆子可以讓你們吃個飽。」他說：「我們

要在這間小屋裡休息一會兒，冷靜下來，直到我記住你們每一個人的名字。好了，誰來幫我點燃菸斗吧。」

所有孩子都爭先恐後的要替他點菸斗。

過了一會兒，爐子裡生起了熊熊烈火，大夥兒都把身上濕透的衣服、褲子、裙子掛起來烘乾。餐桌上擺著一大盤熱騰騰的豆子，屋外大雨從一片灰暗的天空不斷落下。

他們靜靜聽著雨水敲打屋頂的聲音，以及火爐中畢畢剝剝的木柴爆裂聲。

「好了，這樣如何呢？」司那夫金問：「有人還想要回去沙池嗎？」

孩子們看看他，全都開懷大笑，之後大家開始吃菲力強克小姐的棕色豆子。

我們都知道，菲力強克小姐根本不曉得自己家裡來了一大群客人。她此刻已經因為妨害治安的罪行入獄了。

第十章

正式彩排

這天，姆米爸爸編寫的劇本終於要正式彩排了。雖然現在還是下午，但所有腳燈都點亮了。

姆米一家拜託海狸把劇場推回海面上，謝禮則是讓他們在明晚的首演之夜免費進場看戲。現在劇場終於變得平衡多了，但是舞台仍舊微微傾斜，因此演出時顯得有一點點緊張。

他們放下紅色的天鵝絨簾幕，營造出神祕的氛圍。外頭的大海上有許多艘小船出於好奇，停泊在劇場外。這些小船從一大清早等到現在，船上的人還用紙袋裝著晚餐帶進來，因為他們知道正式彩排很花時間。

「媽媽，什麼是正式彩排呢？」某艘小船上的一隻小刺蝟問。

「正式彩排就是演員進行最後一次排演，以確保一切順利。」刺蝟媽媽說明：「明天他們就要正式演出了，到時候得購買門票才能觀賞。今天的彩排則免費開放給我們這種貧苦人家觀賞。」

但簾幕後方的姆米根本不確定一切是否安排就緒。姆米爸爸還在埋首修改劇本，而米沙則在啜泣。

「我不是告訴過你，我們兩人都希望在劇終的時候死去！」米寶姊姊抗議著：「為什麼最後只有米沙被獅子吃掉？我們不是告訴過你，我們都是獅子的新娘，你忘了嗎？」

「好啦！好啦！」姆米爸爸緊張的回答：「不然就讓這隻飢腸轆轆的獅子先把妳吞進肚子裡，然後才吃米沙。別吵我，我還在思考如何以無韻詩編寫台詞。」

「親愛的，劇中角色之間的親戚關係，你都處理好了嗎？」姆米媽媽擔心的問：「昨天，你安排米寶姊姊嫁給你離家出走的兒子，現在是不是改成由米沙嫁給你兒子？我飾演米沙的母親嗎？米寶姊姊的角色是單身嗎？」

「我才不想演單身女郎。」米寶姊姊立刻說。

「那就讓她們倆飾演姊妹吧！」姆米爸爸絕望的說：「米寶姊姊是姆米媽媽的媳婦，我的意思是我的媳婦，同時也是妳的伯母。」

「怎麼可能。」霍姆伯開口質疑：「如果姆米媽媽是你的妻子，那麼你的媳婦絕對不可能是我們的伯母。」

「沒什麼差別啦。」姆米爸爸大喊：「再這樣下去，劇本寫不出來，大家就沒戲可演了！」

「冷靜一點，放輕鬆。」艾瑪出乎意料的溫柔體貼：「一切都會沒事的。再說了，反正那些觀眾根本聽不懂台詞。」

「親愛的艾瑪，」姆米媽媽說：「我的戲服實在太緊了……背部一直往上縮。」

「請妳記得，」艾瑪嘴裡含著別針說：「當妳站在舞台上，對姆米爸爸說他的兒子滿口謊言時，絕對不能一臉開心的模樣。」

「我保證絕對不會。」姆米媽媽說。

米沙原本在一旁讀著自己的台詞，但是她突然甩開劇本，眼淚汪汪的說：「這個角色太無憂無慮了，根本不適合我！」

「米沙，別吵了！」艾瑪嚴厲的說：「馬上就要開演了！燈光準備好了嗎？」

霍姆伯打開黃色的聚光燈。

「紅色！紅色！」米寶姊姊大喊：「我出場時是紅色的燈！霍姆伯為什麼老是弄錯顏色？」

「每個人難免都會犯錯。」艾瑪心平氣和的說：「大家準備好了嗎？」

「我把台詞全忘光了，」姆米爸爸咕噥著，感到一陣驚慌：「連一個字都不記得了！」

艾瑪拍拍他的肩膀。「很正常啊。」她說：「正式彩排就是這樣，這些情況都很正常。」

她用掃帚柄在地板上敲了三下，外面小船上的觀眾全都安靜下來。艾瑪覺得自己年邁的身軀充滿了幸福快樂的感動，她緊緊握住曲柄把手，升起舞台的簾幕。

稀疏的觀眾發出了讚嘆聲。這些刺蝟大都沒

來過劇場。

他們看見紅色的燈光打在一面畫著荒涼岩原的布景上。

舞台上，米寶姊姊身穿薄紗裙，坐在披著黑布的梳妝台右側。她的髮髻上還戴著紙花做成的花環。

她先興致勃勃的掃視了觀眾一會兒，才快速且若無其事的開口：

如果我必須在今晚死去，在我正值青春綻放的年輕歲月，
且讓我純真的聲音響徹天空，
鮮豔的熱血染紅大海。
並且讓活潑的春天埋入塵土之中！

含苞待放的玫瑰，即便在有如孩童般熟睡的時刻，也會羞紅了臉。

無情的命運，讓我在這個塵世裡萬般糾結！

這時，舞台後方傳來一陣尖銳的歌聲。那是艾瑪的吟唱：

噢，黑夜啊！噢，黑夜啊！噢，黑夜啊！噢，命運之夜啊！

緊接著，姆米爸爸隨意披著一件斗篷，從舞台的左側出場。他轉向觀眾，以顫抖的聲音念出台詞：

親人之間的血脈、朋友之間的情義，

都在悲慘的使命下破壞殆盡。

多麼令人感嘆啊，我的王位是否也將不保？

將落入我女兒的外甥的姊妹之手？

他覺得台詞好像哪裡不對勁，馬上改口：

多麼令人感嘆啊，我的王位是否也將不保
落入我女兒的兒子的嫂嫂之手？

姆米媽媽悄悄的從舞台邊探出頭來，低聲提醒姆米爸爸：「應該是：『落入我女兒的姊妹的兒子的姊妹手中？』」

「我知道，我知道。」姆米爸爸說：「這一次我先跳過這個部分。」

他走向躲在梳妝台旁的米寶姊姊，繼續說：

顫抖吧！叛徒米寶！顫抖吧！

傾聽獅子狂野的怒吼，
飢餓的萬獸之王在柵欄中頓足，
對著月亮咆哮！

接下來是一段長長的靜默。

「對著月亮咆哮！」姆米爸爸更大聲的複誦一次。

舞台上依舊毫無動靜。

他轉向左邊，問：「獅子怎麼不發出吼叫聲呢？」

「霍姆伯應該要先升起道具月亮，我才能夠對著月亮吼叫啊！」艾瑪回答。

霍姆伯探出頭。「米沙原本答應做一個道具月亮，結果她沒做。」他說。

「好吧！好吧！」姆米爸爸倉促的說：「現在就讓米沙上台吧！反正我也沒有心情繼續演下去了。」

米沙穿著紅色的天鵝絨長袍，緩緩走上舞台。她把雙手放在眼睛上，動也不動的佇立了好一會兒，以便享受身為女主角的光榮時刻。這種感覺棒透了。

「噢！這真是太快樂了！」姆米媽媽以為米沙忘詞了，趕緊為她提詞。

「我知道，我只是想要吸引觀眾的注意力！」米沙輕聲回應。接著，米沙緩緩走向腳燈，朝著觀眾伸出雙手。幕後的霍姆伯打開風扇的開關，發出「喀噠」一聲。

「那是吸塵器的聲音嗎？」一隻小刺蝟問。

「噓。」刺蝟媽媽說。

米沙開始念出她第一句偉大的獨白：

噢！這真是太快樂了！當我看著妳
在我的命令之下斷了頭顱……

這時米沙迅速往前一跨，不小心被她身上的天鵝絨長袍絆了一下，結果整個人就翻過了

腳燈，直接掉落在最近的一艘刺蝟小船上。

觀眾全都開心的大聲歡呼，合力將米沙推回到舞台上。

「小姐，請妳聽我一句勸，妳最好馬上砍掉她的頭。」一隻中年海狸建議。

「砍掉誰的頭？」米沙驚訝的問。

「當然是妳女婿的姪女啊！」海狸語帶鼓舞的回答。

「他們根本沒搞懂這個故事！」姆米爸爸小聲的喚著姆米媽媽：「拜託，請妳快點上台吧！」

姆米媽媽匆忙的拉好裙襬，帶著和藹又羞怯的笑容登上舞台。

　　快點藏起你的臉，因為我帶來一個黑暗的消息！
　　你兒子對你所說的一切全部都是謊言！

她開心的說。

姆米爸爸緊張萬分的看著她。

「獅子到哪兒去了呢？」姆米媽媽幫忙提詞。

「獅子到哪兒去了呢？」姆米爸爸跟著複誦。然後，又不確定的重複一次：「獅子到哪兒去了呢？」最後，他大喊：「獅子究竟到哪裡去了？」

後台這時傳來一陣嘈雜的腳步聲，獅子終於上場了。這隻獅子由兩隻海狸假扮，一隻海狸當前腳，另一隻海狸當後腳。觀眾開心的大聲歡呼。

獅子愣了好一會兒，才緩緩走到腳燈旁，向觀眾一鞠躬，結果從中間分成兩截。

觀眾紛紛鼓掌，開始準備划船回家。

「戲還沒演完啊！」姆米爸爸大喊。

「親愛的，沒關係啦，明天他們還會回來的。」姆米媽媽說：「而且剛才艾瑪也說了，如果正式彩排時沒有任何缺失，首演之夜就不會成功。」

「艾瑪真的這麼說？」姆米爸爸這時才放心了，「好吧，無論如何，我們好歹讓觀眾開懷大笑了好幾次。」他開心的補上一句。

但米沙這時突然轉過身去，背對大家一會兒，好讓自己狂跳不已的心平靜下來。

「觀眾都在為我鼓掌呢！」她輕聲對自己說：「噢，我真的太開心了。從今以後，我將會永遠永遠這麼快樂。」

第十一章

欺騙監獄警察

隔天早上，各種鳥兒幫忙在小灣附近四處投遞戲劇公演的節目單。由霍姆伯和米寶姊姊書寫、著色的節目單飄落到森林、海濱與草原各處，連水面上和家家戶戶的屋頂與庭院都有。

其中一張節目單飄到監獄上空，落在擔任監獄警察的亨姆廉腳旁，他坐在陽光下昏昏欲睡，警帽蓋在鼻子上。

他興奮的撿起節目單，還以為是某人捎來給囚犯的祕密訊息。此刻監牢裡有多達三名犯人。自從亨姆廉接下監獄警察的工作之後，這是監獄裡犯人人數最多的一次。最近兩年來，監獄裡甚至連半個犯人都沒有，因此他自然不會冒任何風險。

亨姆廉調整一下眼鏡，大聲念出節目單的內容：

首演之夜

獅子的新娘們與親人之間的殺戮血戰

獨幕悲劇

編劇

姆米爸爸

領銜主演

姆米媽媽、姆米爸爸、米寶姊姊

米沙、霍姆伯

主唱

艾瑪

入場費用

各種食物皆可

如果天氣良好，本劇將於日落後準時開演

並預定於正常就寢時間結束

演出地點為雲杉小灣中央
亨姆廉家族備有小船出租

劇場經理敬啟

「戲劇？」亨姆廉獄警若有所思的拿下眼鏡。他內心深處隱約想起自己的童年回憶。沒錯，他姑姑曾經帶他看過一次戲。那齣戲是敘述一位公主沉睡在玫瑰花叢裡，非常美麗動人，他相當喜歡。

突然間，他明白自己想要再去劇場看戲。

但是誰要看守他的囚犯呢？

在他認識的其他亨姆廉中，沒有人有空幫忙。可憐的監獄警察絞盡腦汁，想要找出解決之道。他忍不住將鼻子貼在位於他座椅後方的監獄柵欄上，說：「我今天晚上真的好想去劇場看戲喔！」

「劇場？」姆米托魯豎起了耳朵。

「對啊，今天晚上在劇場有一齣名為『獅子的新娘們』的劇要進行首演。」亨姆廉獄警一邊說明，一邊把節目單從柵欄間隙塞進去，「偏偏我一時之間想不出可以找誰來代班看守你們。」

姆米托魯和司諾克小姐讀完節目單，看著對方。

「我相信這齣戲一定是和公主有關的故事。」亨姆廉獄警悶悶不樂的說：「從我上次看到小公主，已經又過了好久好久了。」

「你當然得去啊，」司諾克小姐

說：「你真的找不到任何人來看守我們嗎？」

「呃，其實我有一個堂妹，」亨姆廉獄警回答：「但是她的心腸太好了，說不定會放你們走。」

「我們什麼時候會被送上斷頭台？」菲力強克小姐突然發問。

「我的老天爺啊！沒有人要送你們上斷頭台！」亨姆廉尷尬的回答：「你們只是得一直待在監牢裡，直到認罪為止。之後你們會被判必須重新製作新的警告標語，每個人還要罰寫『嚴格禁止』五千次。」

「可是我們是無辜的啊！」菲力強克小姐再次開口了。

「是啊，我知道，」這位亨姆廉說：「這種話我以前就聽過了。每個人都說自己是無辜的！」

「你聽我說！」姆米托魯說：「如果你錯過今晚的這齣戲，會後悔一輩子。我確定這齣戲裡有好幾位公主。『獅子的新娘們』耶。」

亨姆廉獄警聳聳肩膀，嘆了一口氣。

「別傻了，」司諾克小姐懇求：「讓我們看看你的堂妹吧！就算她心腸太好，但總比完全沒人看守我們好吧？」

「或許吧。」監獄警察不情願的回應，隨即起身，拖著腳步穿越樹林。

「妳實在太厲害了！」姆米托魯說：「妳還記得我們在仲夏之夜做的夢嗎？與獅子有關的夢！在夢裡，米妮在一隻大獅子的腿上狠狠咬了一口！不知道家裡的人現在怎麼樣了。」

「我夢見我突然冒出了好多新親戚！」菲力強克小姐說：「你們不覺得這個夢很可怕嗎？我才剛拋開舊親戚耶！」

亨姆廉回來了。他身邊跟著一位身材瘦小、神色怯懦的亨姆廉小姐。

「妳可以幫我看守他們嗎？」他問。

「他們會不會咬人？」亨姆廉小姐小聲的探問。從亨姆廉家族的觀點來看，這位亨姆廉小姐顯然不合格。亨姆廉獄警哼了一聲，交給她監牢的鑰匙。

「當然會，」他說：「假如妳放他們出來，他們就會咬下妳的頭！再見吧，我要去換裝參加首演之夜了！」

他一轉身離去，亨姆廉小姐便坐下來，開始編織，還不時偷偷瞄向監牢，看起來相當害怕。

「妳在編織什麼？」司諾克小姐溫柔的問。

亨姆廉小姐嚇了一跳。「其實我自己也不知道。真的。」她焦慮的低語：「我只是在編織時比較有安全感。」

「妳何不織雙拖鞋呢？那顏色很適合拖鞋。」司諾克小姐建議。

亨姆廉小姐看著自己手裡的編織品，沉思了一會兒。

「妳認不認識經常腳冷的人？」菲力強克小姐問。

「嗯，有一個女性朋友。」亨姆廉小姐說。

「我也認識一個。」菲力強克小姐繼續以友善的口吻說：「就是我的嬸嬸。她在劇場裡工作。他們說劇場裡經常吹著冷風，那一定是個令人討厭的地方。」

「這裡也有冷風。」姆米托魯說。

「我堂哥應該要注意到這一點才是！」亨姆廉小姐不好意思的說：「如果你們稍待一下，我可以為你們編織拖鞋。」

「我想，妳還沒編好，我們就死了吧。」姆米托魯垂頭喪氣的說。

亨姆廉小姐看起來很驚恐，她走近監牢，「不然我先給你們毯子好嗎？」

姆米托魯和司諾克小姐聳聳肩，抖著身子緊緊蜷縮在一起。

「裡面真的那麼冷嗎？」亨姆廉小姐擔心的問。

司諾克小姐悶悶的咳了幾聲。「如果讓我喝一杯加了黑醋栗果醬的熱茶，或許就能救我

一命。」她說：「可能吧。」

亨姆廉小姐非常猶豫，她把編織品壓在自己的鼻子上，盯著他們瞧。「如果你們死了……」她以顫抖的聲音說：「如果你們死了，我堂哥回來就無法享受看守犯人的樂趣了。」

「或許沒辦法喔。」菲力強克小姐說。

「反正我得先替你們的腳量尺寸，做拖鞋。」

他們信服的點點頭。

於是亨姆廉小姐打開了監牢的門，羞怯的說：「我是否有榮幸請你

們喝杯熱茶，並且品嘗黑醋栗果醬呢？當然，等我編織完成，你們就有新拖鞋可以穿了。你們真好心，提供我編織拖鞋的點子！如果你們懂我的意思，這讓我編織時更有明確的目標了。」

他們一起走回亨姆廉小姐的家，喝了些熱茶。亨姆廉小姐堅持要烤好幾種蛋糕，弄好時已經是黃昏了，司諾克小姐起身說：「恐怕我們現在得離開了。真的非常謝謝妳熱情的招待。」

「真是可怕，我必須把你們再度關回監牢裡。」亨姆廉小姐滿懷歉意的說，從掛鉤上取下監牢的鑰匙。

「可是我們並不打算回到監獄裡。」姆米托魯說：「我們想要回去位於劇場的家。」

亨姆廉小姐眼眶裡盈滿了淚水。「這麼一來，我堂哥一定會非常非常失望。」她說。

「可是我們根本是無辜的啊！」菲力強克小姐辯解著。

「噢！你們怎麼不早點說呢！」亨姆廉小姐說。這下子她才鬆了一口氣，「那麼當然，你們一定要回家去。但或許我應該跟著你們一起回去，向我堂哥解釋這一切。」

第十二章

充滿戲劇性的首演之夜

正當亨姆廉小姐以茶點招待她的客人時，越來越多節目單持續飄落進森林。其中一張節目單飛到了一小片林間空地，落在一間小屋剛剛鋪好瀝青的屋頂上。

二十四個伍迪家的小孩立刻爭先恐後爬到屋頂上，拿下那張節目單。每個人都想要親手將節目單交給司那夫金，於是那張薄薄的節目單就被撕成二十四張小碎片了，其中有幾片飛進煙囪裡，燒掉了。

「有一封你的信！」孩子們一面大喊，一面陸續從屋頂下來。有人溜下來，有人跳下來，還有人滾下來。

「啊！你們這群小壞蛋！」司那夫金正在門廊旁邊洗襪子，「你們忘了我們今天早上才在屋頂上鋪了瀝青嗎？你們要我丟下你們離開，自己航海遠行嗎？還是要我狠狠揍你們一頓？」

「都不要！」孩子們大嚷，一邊伸手拉他的外套，「我們要你讀你這封信！」

「你們是說我的這堆信吧，」司那夫金將手上的肥皂泡沫抹在離他最近的小孩頭髮上，「嗯，嗯，看起來好像很有趣！」

他把皺巴巴的信紙紙片放在草地上鋪平，試著將它們拼湊起來。

「大聲念出來！」孩子們大喊。

「獨幕悲劇。」司那夫金讀著：「獅子的新娘們與……（這裡少了一片）入場費用：各種食物皆可……（嗯）……如果天氣良好（這個部分不必猜），本劇將於日……（大概是日落吧？）……常就……（這個部分猜不出來）……雲杉小灣中央。」

「噢！」司那夫金說：「親愛的小壞蛋，這根本不是信，而是一張節目單。今天晚上有人要在雲杉小灣演戲。但天知道他們為什麼要在水上演戲，也許是劇情需要吧。」

「小孩子可以看嗎？」年紀最小的孩子問。

「會有真的獅子嗎？」其他孩子也大喊：「我們何時出發？」

司那夫金看著他們，知道自己非得帶他們去看戲不可了。

「如果豆子還有剩的話，也許我可以把那桶豆子當成入場費。」司那夫金心裡有點擔憂，「可是我們已經吃掉不少了……希望不會有人認為這二十四個孩子都是我的……我一定會覺得很糗。那我明天要餵他們吃什麼呢？」

「你不喜歡去劇場嗎？」年紀最小的孩子問，還用自己的鼻子在司那夫金的褲管上磨蹭。

「小可愛，我當然喜歡啊。」司那夫金回答：「現在我得先把你們一個個都梳洗乾淨，起碼要比現在乾淨一點才行。你們有手帕嗎？這齣戲可是悲劇呢！」

他們當然沒有手帕。

「好吧！」司那夫金說：「那麼你們只好用圍兜或是隨便找個東西來擤鼻子囉！」

＊

司那夫金一直忙到日落，才清理好所有小孩的衣服與褲子。衣物上當然仍殘留著不少焦油，但至少司那夫金確實已經盡力了。

他們懷著興奮又嚴肅的心情往雲杉小灣出發。

司那夫金帶著一桶豆子，走在隊伍最前方，所有孩子兩兩並肩而行，乖巧的走在他身後。每個孩子身上的長毛都以中分方式從頭到尾梳理得整整齊齊。

米妮坐在司那夫金的帽子上大聲唱歌。她把自己包裹在水壺的保溫套裡，因為夜深之後天氣可能會變冷。

當他們來到海邊時，可以清楚感受到四周充滿著首演之夜的興奮之情。雲杉小灣裡都是小船，準備啟程前往劇場看戲。腳燈照射出璀璨繽紛的光芒，而腳燈下方停著一艘小船，船上由亨姆廉家族成員組成的銅管樂團正在賣力演奏。如果沒有這個樂團的樂聲，這將是一個平靜又愉悅的夜晚。

司那夫金以兩把豆子的代價租借一艘小船，然後划著小船前往漂浮的劇場。

「司那夫金！」半路上，年紀最長的孩子突然叫住司那夫金。

「怎麼啦？」司那夫金問。

「我們準備了一個禮物要送你。」他開口時羞紅了臉。

司那夫金擱下船槳，拿下嘴裡的菸斗。

這個孩子從背後拿出一個看起來皺巴巴而且難以分辨顏色的東西。「這是一個菸袋。」他含糊的說：「是我們大家輪流一針一線繡出來的，我們一個字都沒告訴你。」

司那夫金收下這份禮物，仔細看看裡面（這原本是菲力強克小姐的舊帽子），還聞一聞。

「裡面裝的是星期天抽的覆盆子葉！」年紀最小的孩子得意的說。

「這個菸袋真是棒極了！」司那夫金讚許道：「星期天抽這種菸草最棒了。」

他與每一個孩子握手，感謝他們。

「雖然我沒有幫忙刺繡，但這可是我的主意喔。」坐在司那夫金帽緣上的米妮說。

當小船來到腳燈附近時，米妮覺得十分訝異，

忍不住動動鼻子。「所有的劇場看起來都一樣嗎？」她問。

「我想大概是吧，」司那夫金回答：「等到正式開演時，他們就會拉起簾幕。到時候，大家務必記得保持安靜。如果發生什麼可怕的事情，你們可別掉進水裡。整齣戲演完之後，要熱烈鼓掌，表示你們很喜歡這齣戲。」

孩子們全都安安靜靜的坐著，緊盯著眼前的一切。

司那夫金小心翼翼的環顧四周，看來並沒有人在嘲笑他們。大家都注視著打著燈光的舞台簾幕。只有一位年邁的亨姆廉划著小船過來說：「請繳交入場費用。」

司那夫金舉起他那桶豆子。

「這是你們所有人的入場費用嗎？」亨姆廉問，他開始數算孩子的數量。

「這些豆子不夠嗎？」司那夫金擔心的問。

「噢，夠了，在這種情況下總會優待一點。」亨姆廉邊說邊把豆子全倒進自己的容器中。

現在樂團停止演奏，大家熱烈鼓掌。

接著是一片寂靜。

只聽見舞台的簾幕後方傳出三記猛烈的撞擊聲。

「我好怕！」年紀最小的孩子低聲說。他用力拉住司那夫金的衣袖。

「勇敢一點，等一下就會沒事的。」司那夫金說：「你看，簾幕拉起來了。」

屏息以待的觀眾眼前出現那面畫著荒涼岩原的布景。

身穿薄紗洋裝、頭戴紙花裝飾的米寶姊姊端坐在舞台的右側。

米妮從司那夫金的帽緣探出頭來，大喊：「那是我姊姊耶！如果我認錯人的話，就把我煮了吧。」

「米寶是妳的姊姊？」司那夫金吃驚的問。

「我不是一路上一直提到我姊姊嗎？」米妮不耐煩的說：「你都沒在聽我說話嗎？」

司那夫金目不轉睛的看著舞台。他的菸斗熄滅了，但忘了要點燃。他看見姆米爸爸從左側走上舞台，說了一大段令人難以理解的台詞，內容好像和他的親戚以及一隻獅子有關。

米妮突然從司那夫金的腿上跳下來，氣嘟嘟的說：「他為什麼生我姊姊的氣？他沒有權力責罵我姊姊！」

「噓！親愛的，他們只是在演戲。」司那夫金心不在焉的解釋。

現在他看見一位矮矮胖胖的小姐穿著紅色天鵝絨戲服上台，告訴觀眾她非常快樂，但看起來似乎身體哪裡在痛。

還有個他不認識的人躲在後台，不停的呼喊：「噢，命運之夜啊！」

當司那夫金看見姆米媽媽出現在舞台上時，他更加驚訝了，「姆米一家人到底是怎麼了？」他想：

「我知道他們總是有些鬼點子，但這未免太離譜了吧！我猜下一個上台的人一定是姆米托魯，而他也會開始吟誦台詞。」

可惜姆米托魯並沒有登場，緊接著躍上舞台的是一隻發出怒吼的獅子。

伍迪家的孩子開始大哭，差點就讓小船翻覆。

「這齣戲實在太荒謬了！」一個頭戴警帽的亨姆廉評論，他的小船就在司那夫金的小船旁邊。「這一點都不像我小時候看的那齣好戲！那齣戲是敘述一位公主睡在玫瑰花叢裡。他們演的，我根本連一個字都聽不懂！」

「別怕！別怕！」司那夫金連忙安撫那些被嚇壞的孩子：「那只是用舊床單做成的假獅子。」

但是他們不相信他。他們清楚看見那隻獅子在舞台上追逐米寶姊姊。米妮驚聲尖叫。「救救我姊

姊！」她大喊：「快點打破這隻獅子的腦袋！」

情急之下，米妮縱身躍上舞台，衝向那頭獅子。她細小的尖銳牙齒一口咬住那隻獅子的右後腿。

獅子發出一聲慘叫，斷成兩截。

觀眾現在看見米寶姊姊將米妮抱在懷中，親吻她的鼻子。他們也注意到演員不再以無韻詩的形式念出台詞，反而自然的說出口。觀眾喜歡這種改變，因為這麼一來，他們才聽得懂這齣戲到底在演什麼故事。

看來這齣戲是關於某人被洪水沖離家園，在經歷了各種可怕的災難之後，終於返家與家人重聚了。現在每個角色似乎都很開心，準備要喝茶聊天了。

「我覺得他們現在演得比剛才好多了！」頭戴警帽的亨姆廉說。

司那夫金將孩子一個個抱上舞台。「姆米媽媽！」司那夫金開心的大喊：「可不可以請妳幫我照顧這些孩子呢？」

這齣戲變得越來越有意思了。不一會兒，所有的觀眾也都爬上舞台，參與演出。

觀眾扮演的角色，就是負責吃完作為入場費用的食物。那些食物全都擺放在客廳的餐桌上。姆米媽媽脫掉身上那條礙手礙腳的長裙，開始忙進忙出，倒茶給大家喝。

銅管樂團這時也演奏起「亨姆廉勝利進行曲」。

姆米爸爸因為這齣戲大為成功而意氣風發，米沙也和正式彩排時一樣開心。

姆米媽媽突然在舞台中央停下腳步，手裡的茶杯也摔落一地。

「他回來了！」姆米媽媽低聲說，其他人聞言後都安靜下來。

外面暗處隱約的船槳划水聲越來越近，同時

還有清脆悅耳的鈴鐺聲。

「媽媽！」有人呼喊：「爸爸！我回來了！」

「怪了！」擔任監獄警察的亨姆廉說：「這個聲音不正是被我逮捕的犯人嗎？來人啊！快點抓住他們，以免他們放火燒了這個劇場！」

姆米媽媽急急忙忙衝到舞台前緣的腳燈旁，看見了姆米托魯。姆米托魯正放開一支手中的船槳，準備讓小船停靠下來。他困惑的試著用另一支船槳拉撐住，卻在原地打轉。

小船的船尾坐著身材瘦小、面容和藹的亨姆廉小姐。她嘟囔著什麼，但是沒人注意她到底想說些什麼。

「快點逃走啊！」姆米媽媽對著姆米托魯大喊：「這裡有警察等著抓你們呢！」

儘管姆米媽媽不知道姆米托魯到底做了什麼，但是她深信姆米托魯做的事，她一定贊同。

「抓住那些犯人！」這下子輪到身材魁梧的監獄警察大喊：「他們放火燒掉了公

園裡所有的警告標語，還害得公園管理員渾身發光！」

觀眾起初一臉困惑，但是現在他們明白戲劇還在演出，於是放下茶杯，坐到舞台腳燈旁觀賞。

「抓住他們！」火冒三丈的監獄警察大喊。

觀眾紛紛鼓掌叫好。

「請等一下！」司那夫金冷靜的說：「看來似乎是哪裡出了什麼差錯，因為拆掉公園警告標語的人是我。另外，公園管理員真的到現在還在閃閃發光嗎？」

亨姆廉獄警轉過身，瞪著司那夫金。

「你想想看，那個公園管理員收穫可大了！」司那夫金毫不在乎的說，同時悄悄的往舞台腳燈處靠近，「他現在不需要繳交電費了！說不定還可以靠著自己點燃菸斗，並且在自己的腦袋瓜上煮蛋！」

亨姆廉什麼話都沒回答，只是緩緩靠近他，準備展開雙手，一把抓住司那夫金的衣領。他靠得越來越近，眼看著就要往前撲上去，下一秒……

旋轉舞台突然以極快的速度開始轉動。大夥兒都聽見艾瑪的笑聲，但是這一次她的笑聲裡沒有嘲諷的意味，而是充滿了勝利的驕傲。

由於在短短的時間內發生了這麼多事情，觀眾都有點迷糊了。但主要的原因是，觀眾們此刻也在旋轉舞台上團團轉，大夥兒都陷入一片混亂，摔得東倒西歪。那二十四個伍迪家的孩子都撲到亨姆廉獄警身上，緊緊抓住他的衣服不放。

司那夫金趁機飛越腳燈，跳到一艘無人的小船上。姆米托魯的小船被大浪打翻，掉入水中的姆米托魯一浮出水面，立刻靜靜轉身，往司那夫金的小船游去。「司諾克小姐、菲力強克小姐和亨姆廉小姐開始游向劇場。

「太棒了！演得太精采了！再來一次。」觀眾大聲喝采。

「姆米托魯！」司那夫金回應：「快點跳到船上來，我要讓你見識一下怎麼逃走！」

「司那夫金！」他抓住船緣說：「能見到你實在太開心了！」

姆米托魯手腳並用的一爬上船，司那夫金便馬上划動船槳，朝著大海的方向前進。船頭激起一陣水花。

「再見了，親愛的孩子！謝謝你們的幫忙！」他大喊：「記得要保持乾淨、整齊，瀝青乾了才能爬到屋頂上玩！」

亨姆廉獄警這時才終於甩開那些孩子，擺脫興高采烈、不斷向他獻花的觀眾，狼狽的從旋轉舞台脫身。他憤怒的大吼大叫，爬進一艘小船，急忙朝著司那夫金離開的方向追去。

可惜他終究晚了一步，司那夫金的身影早已消失在黑暗之中。

劇場外的海面上突然陷入一片寂

靜。

「沒想到妳居然跑到這裡來了。」艾瑪看著渾身濕透的菲力強克小姐，冷冷的說：「妳可別以為劇場永遠都光鮮亮麗。」

第十三章

懲罰與獎勵

司那夫金繼續靜靜的划船。姆米托魯坐在船的另一頭，望著司那夫金頭上的舊帽子。在靜謐的夜空與菸斗呼出的輕煙襯托下，姆米托魯覺得帽子的輪廓顯得格外熟悉又令人安心。「現在一切都會沒事了！」他想。

司那夫金與姆米托魯身後的喧嘩聲和鼓掌聲逐漸遠去，過了一會兒，他們耳邊只聽見船槳划動與水花濺起的聲音。

一片黑暗中，河岸線也慢慢消失在他們的視線之外。

這兩個好朋友都不認為此刻有交談的必要。反正美好的夏日就在眼前，他們有的是時間。兩人意外重逢的喜悅，今晚的種種，還有逃脫的驚險歷程，就已足夠回味，不需多加干擾。

小船轉了一圈，再度往附近的岸邊移動。

姆米托魯知道，司那夫金以這種方式划行，是為了讓那些追捕者摸不清他們的動向。亨姆廉尖銳的警哨聲在遠方的黑暗處迴盪著，一聲接著一聲。

當司那夫金將小船划進樹蔭底下的蘆葦叢時，滿月正好從海面升起。

「現在，請你先仔細聽我說。」司那夫金說。

「好。」姆米托魯說。他覺得有一種冒險的欲望，正在自己的身體內鼓動著翅膀，準備一飛沖天。

「你必須立刻回到其他人的身邊。」司那夫金說：「然後帶著想要回到姆米谷的人到這個地方來。他們必須把家具都留在劇場裡。記住，你們撤退的行動一定要快，必須趕在亨姆廉警察大隊開始監視劇場前離開。我很了解他們。路上不可逗留，也不要害怕。六月的夜晚很安全。」

「好。」姆米托魯順從的說。

他又等了一會兒，但是司那夫金沒有再多說什麼。於是他爬上岸，開始沿著河灣走回去。

司那夫金坐在船尾，小心敲落菸斗中的菸灰。他從蘆葦叢的空隙往外張望。亨姆廉正不斷划著小船朝大海而去，他的身影在月光下清楚可見。

司那夫金靜靜的笑了，再度往菸斗裡填滿菸絲。

*

大洪水終於又慢慢退去。海水沖洗過的海岸與山谷陸續冒出水面，接受和煦陽光的擁抱。最先露出水面的是高大挺拔的樹木，它們在水面上搖晃著略顯茫然的樹梢，小心翼翼的伸展著慵懶的樹枝，以確認在經歷過這場災難後，仍舊安然無恙。折損的樹木迫不及待的長出新芽。鳥兒找到了牠們原本的愛巢，在洪水退去的小山丘上，大家紛紛將被單與衣物攤開在草地上晾

乾。

當大洪水開始退散時，每個人都急著啟程回家。他們有的划船，有的利用風帆，夜以繼日的趕路回家。大洪水完全退散後，他們就改由步行，回到以前的居住地。

在姆米谷變成一片汪洋的這段期間，或許有些人已經找到了更新、更好的棲身之所，但他們還是比較喜歡老地方。

*

姆米媽媽坐在司那夫金的小船船尾，腿上放著她的手提包，旁邊坐著姆米托魯。她一點也不眷戀那些被迫留在劇場裡的客廳家具，反倒一心掛念著她的花園，不知道淹沒姆米谷的海水是不是也將她的鵝卵石小徑沖洗乾淨了，就像她以前沖洗的方式一樣。

此刻，姆米媽媽終於認出自己身在何方。他們正沿著一條通往寂寞山的水道划去，她知道在下一個轉彎處的後方，就可以看見矗立於姆米谷入口處的大岩塊了。

「我們終於要回家了！回家！回家！」米妮坐在米寶姊姊的腿上唱著歌。

司諾克小姐靜靜的坐在船頭，欣賞著水底的景致。小船目前正在一片草原的上方，偶爾會有幾朵長得比較高的花兒輕輕摩擦船底。黃色的花、紅色的花與藍色的花都紛紛仰頭伸出清澈的水面，拉長脖子迎向陽光。

姆米爸爸穩穩的划動著船槳。

「你們覺得家裡的陽台會露出水面嗎？」姆米爸爸問。

「等我們回到家才能一探究竟。」司那夫金說，不時回頭張望。

「我的老天爺啊，」姆米爸爸說：「我們

早就已經把那些亨姆廉甩得遠遠的了。」

「可別太有把握。」司那夫金回答。

小船的正中央，有一件浴袍覆蓋在某個微微隆起的東西上。那個東西突然動了一下。姆米托魯用手指輕戳著。

「妳要不要出來晒一下太陽？」他說。

「不了，謝謝你。我真的沒事。」從浴袍下方傳來語調溫柔的回答。

「可憐的孩子！這樣根本沒有空氣。」姆米媽媽憂心的說：「她躲在下面已經整整三天了！」

「亨姆廉家族都很害羞的。」姆米托魯小聲的解釋：「我相信她正在編織東西。那可以讓她比較有安全感。」

其實亨姆廉小姐不是在編織。她正費力的在一本以黑色油布作為封面的練習本上，一遍又一遍的寫著「嚴格禁止」，「嚴格禁止、嚴格禁止、嚴格禁止」。總共要寫五千次。在練習本一頁接著一頁寫滿字，讓她覺得既舒服又滿足。

「做善事的感覺真好。」她默默的想著。

姆米媽媽捏捏姆米托魯的手。「你在想什麼？」她問。

「我在想司那夫金的那些孩子。」姆米托魯回答：「他們將來真的會全部都變成演員嗎？」

「應該是其中一些吧。」姆米媽媽說：「菲力強克小姐會收養沒有才華的孩子。她是那種沒有親人就活不下去的人。」

「他們一定會想念司那夫金。」姆米托魯語帶不捨的說。

「剛開始或許會。」姆米媽媽說：「但反正司那夫金打算每年都去探望他們，還會寄生日祝福信給他們，並且附上照片。」

姆米托魯點點頭。「那很好。」他說：「而霍姆伯和米沙……媽媽，妳有沒有注意到，當米沙得知自己可以留在劇場的時候，顯得多麼開心啊！」

姆米媽媽笑了出來。「是啊！米沙很開心。她這輩子都將演出悲劇，而且每一次都會以不同的面貌登台。霍姆伯將成為新的舞台經理，他也一樣開心。看見朋友都能順利找到適合自己的人生方向，不是很有趣嗎？」

「對，」姆米托魯說：「非常有趣。」

這時小船擱淺，停住了。

「我們困在草叢裡了。」姆米爸爸從船緣處查看之後表示：「我們得涉水過去。」

大夥兒紛紛爬出小船。

亨姆廉小姐顯然在衣服底下藏著某種相當寶貴的東西，但是沒有人問她到底藏了什麼。

由於水深及腰，即使水底是柔軟舒適的草坪，沒有石頭，大夥兒還是不容易前進。沿途路面起起伏伏，山坡上有許多鮮花綠草，看起來就像是漂浮在水面上的天堂島嶼。

司那夫金走在最後面，他依舊比平常來得沉默，還不斷的回頭張望，側耳傾聽。

「如果他們真的緊追在我們身後，我就吞下你的舊帽子。」米寶姊姊說。

司那夫金沒說什麼，只是輕輕的搖搖頭。

道路逐漸變窄。穿過山岩之間的缺口後，大家都看見了姆米谷那片令人懷念的青綠草原，還有姆米家屋頂上快樂飄揚的旗幟……

現在他們已經可以望見小河的轉彎處，以及那座藍色小橋。茉莉花恣意怒放，大夥兒開開心心的橫越小河，還一邊分享著彼此回家之後的各種計畫。

突然間，一陣尖銳的警哨聲宛如利刃般劃破空氣。

才短短一眨眼的工夫，小路的前後左右湧現大批的亨姆廉。

司諾克小姐將頭埋進姆米托魯的肩膀。沒有人開口說話。眼看著就快要重返家園時，卻被亨姆廉警察大隊逮捕，真是太可怕了。

監獄警察涉水走向他們，在司那夫金面前停下腳步。

「怎麼樣啊？」他說。

沒人回答。

「怎麼樣啊？」他又問了一次。

這時，亨姆廉小姐盡她所能的快速涉水走到她的堂哥面前。她先行了一個屈膝禮，然後交給他一本黑色練習簿。「司那夫金很後悔，他說他很抱歉。」亨姆廉小姐害羞的說。

「我才沒有……」司那夫金開口想反駁。

身材魁梧的監獄警察瞪了司那夫金一眼，他只好閉上嘴巴。他翻開練習簿，開始數字數，數了很長一段時間。他忙著數字數時，洪水持續消退，過了一會兒，洪水已經退到大夥兒的腳踝邊了。

最後那位亨姆廉說：「沒錯，數目是正確的，五千次的『嚴格禁止』。」

「可是……」司那夫金說。

「拜託什麼話都別說。」亨姆廉小姐說：「我真的很樂意罰寫。真的，請你相信我。」

「那麼，警告標語呢？」她的堂哥追問。

「請問，可不可以改讓姆米托魯在我的菜園掛上一些新的警告標語？」姆米媽媽問：「例如，『訪客要留下一點萵苣』之類的警告標語。」

「呃，好吧……我想這樣應該也可以。」那位亨姆廉有點氣餒的回答：「就這樣吧！看來我該釋放你們了。但絕對不准再犯！」

「不會的。」大家順從的說。

「我想，妳也應該回家了吧？」那位亨姆廉以嚴厲的目光盯著他的堂妹。

「嗯，如果你不生我的氣，我就回去。」亨姆廉小姐說。這時她轉過身，對著姆米一家表示：「非常感謝你們給予我編織方面的建議。等我編好拖鞋之後，一定會馬上寄給你們。請問你們的地址是？」

「妳只要寫上『姆米谷』就行了。」姆米爸爸說。

*

回家的最後這段路，大家都向前飛奔。他們越過小丘，穿過紫丁香花叢，直奔前方石階。姆米一家人在石階前停下腳步，做了個長長的、放鬆的深呼吸，體會回家的感覺。看來一切都沒問題。

陽台上雕著精美花紋的扶手毫髮無傷。向日葵屹立不搖。水桶也還在。姆米爸爸的吊床經過洪水的沖刷，竟然顯現出一種非常迷人的色澤。這場驚人的大洪水如今只剩下前方石階附近的一潭小水窪，正好用來當米妮的游泳池。

這裡彷彿不曾發生過任何事，也彷彿再也不會有危險找上門。

不過，貝殼散落在門前的鵝卵石小徑上，還有一大片紅色海草掛在門廊上。

姆米媽媽抬起頭來，往客廳的窗戶望去。

「親愛的，先別進到屋裡去。」姆米爸爸說：「如果妳非要進去不可，那就請妳先閉上眼睛吧！我要做一套新的客廳家具，盡可能跟我們以前那套一樣，包括流蘇裝飾與紅色絨布，以及其他一切。」

「我不需要閉上眼睛啦。」姆米媽媽愉快的回答：「我相信唯一會讓我懷念的，大概就是劇場裡那個旋轉客廳吧？我想這次如果用花色絨布一定會更漂亮！」

＊

那天晚上，姆米托魯來到司那夫金的營地向他道晚安。司那夫金靜靜的坐在河邊抽菸斗。

「一切都好嗎？」姆米托魯問。

司那夫金點點頭。「一切都好極了。」他說。

姆米托魯嗅了嗅。「你改抽新牌子的菸草啦？」他問：「這個味道讓我想起覆盆子葉。這個牌子的菸草好嗎？」

「不好。」司那夫金回答：「但是，我只有在星期天時才會抽這個牌子。」

「噢，對，」姆米托魯有一點點

吃驚：「今天是星期天耶，沒錯。晚安囉，我要上床睡覺了！」

「嗯！嗯！」司那夫金漫不經心的回應著。

*

姆米托魯回家的時候，經過位於吊床旁邊的棕色水池。他低頭檢視水池裡的狀況，太好了，那些手環都還在。

他開始往草叢裡搜索。

他花了好長的時間，才找到那艘由樹皮做成的模型帆船。桅杆卡在灌木叢裡，但是整艘帆船毫髮未傷，就連船艙的蓋子也沒脫落。

姆米托魯穿過花園回到屋裡，夜晚的空氣涼爽又舒服，沾染露珠的花朵香氣更勝以往。

姆米媽媽坐在石階上，等待姆米托魯回家。

她手裡拿著一個東西，臉上帶著微笑。

「你知道我拿著什麼東西嗎？」她問。

「救生小艇！」姆米托魯說完，忍不住大笑了起來，並不是因為有什麼特別好笑的事情，純粹只是因為他覺得非常快樂。

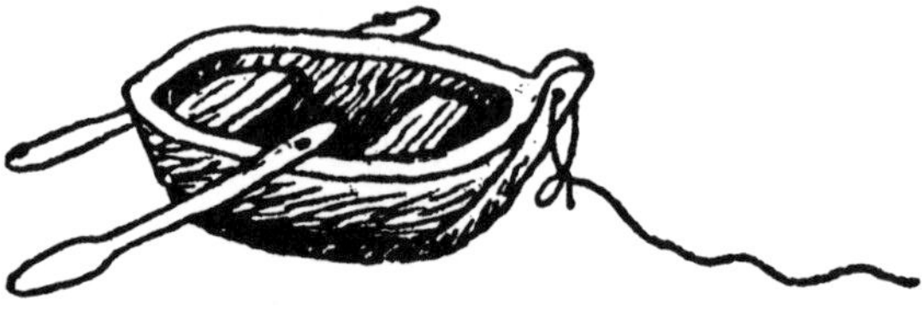

小麥田
故事館26
姆米一家的瘋狂夏日
Farlig midsommar

作　　者　朵貝・楊笙（Tove Jansson）
譯　　者　李斯毅
封面設計　達　姆
責任編輯　丁　寧
校　　對　呂佳真

國際版權　吳玲緯　蔡傳宜
行　　銷　闕志勳　吳宇軒　陳欣岑
業　　務　李再星　陳紫晴　陳美燕　葉晉源
副總編輯　巫維珍
編輯總監　劉麗真
總 經 理　陳逸瑛
發 行 人　凃玉雲
出　　版　小麥田出版
10483台北市中山區民生東路二段141號5樓
電話：(02)2500-7696　傳真：(02)2500-1967
發　　行　英屬蓋曼群島商家庭傳媒股份有限公司
城邦分公司
10483台北市中山區民生東路二段141號11樓
網址：http://www.cite.com.tw
客服專線：(02)2500-7718｜2500-7719
24小時傳真專線：(02)2500-1990｜2500-1991
服務時間：週一至週五09:30-12:00｜13:30-17:00
劃撥帳號：19863813　戶名：書虫股份有限公司
讀者服務信箱：service@readingclub.com.tw
香港發行所　城邦（香港）出版集團有限公司
香港灣仔駱克道193號東超商業中心1/F
電話：852-2508-6231　傳真：852-2578-9337
馬新發行所　城邦（馬新）出版集團 Cite(M) Sdn. Bhd.
41, Jalan Radin Anum, Bandar Baru Sri Petaling,
57000 Kuala Lumpur, Malaysia.
電話：+6(03) 9056 3833　傳真：+6(03) 9057 6622
讀者服務信箱：services@cite.my
麥田部落格　http://ryefield.pixnet.net
印　　刷　前進彩藝有限公司
初　　版　2016年7月
初版六刷　2023年3月
售　　價　280元

ISBN 978-986-93214-3-3

國家圖書館出版品預行編目資料

姆米一家的瘋狂夏日／朵貝・楊笙（Tove Jansson）著；李斯毅譯. -- 初版. -- 臺北市：小麥田出版：家庭傳媒城邦分公司發行, 2016.07
面；　公分
譯自：Farlig midsommar
ISBN 978-986-93214-3-3（平裝）

881.159　　105008418